KB197579

백새롬의 데뷔 전쟁

백새롬의
데뷔 전쟁

귀신 보는 연습생

변윤제 글
몽그 그림

차 례

등장인물

백새롬

아이돌 기획사 YSH의 연습생.
귀신을 볼 줄 알며, 연습실
지박령었던 김딴딴과는 절친이다.
양민서와 함께 트로트
오디션에 참가하게 된다.

김딴딴

YSH 연습실에 발이 묶여 있던 소녀
귀신. 새롬의 도움으로 자유를 얻게
된 뒤, 뛰어난 노래와 춤 실력으로
새롬의 연습을 돕는다.

양민서

전국가요자랑 출신으로
각종 행사를 뛰는
트로트 신동.
새롬과 같은 학교에 다닌다.

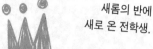

염라우

새롬의 반에
새로 온 전학생.

하썰윤

새롬의 오랜 친구.
민서를 미워한다.

펑우희

새롬의 소속사 선배.

연우호
새롬의 소속사 YSH의 대표.

새롬 엄마
한때는 잘나가는 무녀였으나 지금은 민속학 교수이다.

새롬 아빠
대학에서 공학을 가르치며, 트로트를 무척 사랑한다.

1부. 드림, 픽션

1. 꿈의 마지막 속삭임

사람들은 말한다.

"무대에 설 때 정말 긴장되지?"

그 말을 들을 땐 늘 같은 답을 한다.

"그럼요. 몇 번을 올랐던 무대지만 오를 때마다 심장이 마구 쿵쾅거려요."

하지만 아니다.

내가 정말 긴장하는 장소는 무대가 아니라 대기실이다. 사람들이 없는 곳. 오로지 나만 남아 있는 곳. 창백한 조명이 거울 안에서 나를 되비추어 주는 곳.

나는 마지막 무대를 기다리는 중이다.

어제 저녁을 너무 많이 먹었나. 얼굴은 부었고, 이마엔 트러블이 올라와 있다. 메이크업으로 가려지지 않는 여드름이 신경쓰인다. 카메라는 이런 것만 얼마나 잘 잡아내는지. 인터넷엔 못생긴 얼굴만 캡처해서 올리는 사람도 있다.

YSH의 새로운 걸그룹을 뽑는 오디션 '드림픽션'. 오늘이 드디어 이 프로그램의 마지막 날이다.

마지막 무대의 주인공은 나와 우희 언니 두 명뿐이다. 일종의 보너스 무대랄까. 이미 아홉 명의 데뷔 멤버가 먼저 결정되었고, 나와 우희 언니에게 특별한 기회가 한 번 더 주어졌다. 나는 대기실 한편에 걸려 있는 모니터를 바라보았다.

드림픽션 보너스 스테이지!
백새롬 vs 정우희

화려한 글씨가 모니터에 떠오르고 있다.

두 사람 중 한 명은 오늘 걸그룹 멤버로서 첫 번째 날을 맞이한다. 하지만 나머지 한 명은 다시 연습실로 돌아간다. 먼지와 땀 냄새 뒤섞인 그곳으로.

천천히 숨을 마신다. 눈을 감는다. 숨을 내쉬는 횟수를 마음속으로 센다. 하나, 둘, 셋. 조금씩 긴장을 가라앉히는 훈련이다. 숨을 다시 크게 마셨을 때, 누군가 대기실 문을 두들겼다.

똑똑.

조심스러운 노크 소리에 뒤를 돌아봤다. 대기실 문을 연 것은 다름 아닌 우희 언니였다. 씩 웃는 얼굴이 날 다정하게 쳐다보았다.

"우리 아기, 준비는 잘하고 있어?"

언니는 항상 나를 아기라고 부른다. 물론 나랑 여섯 살 차이가 나지만, 아기 취급은 너무한 거 아닌가. 우리는 소속사 선후배라고. 내가 뾰로통한 표정을 짓자 언니는 볼을 꼬집었다.

"아유, 이 귀여운 거랑 마지막 무대를 하니 얼마나 신나게."

"악! 언니, 메이크업 망가져요!"

우희 언니는 짓궂은 표정을 지었다. 정말이지 언니는 놀리는 걸 좋아한다. 내 옆에 온 언니는 진지한 표정으로 내 얼굴을 들여다봤다.

"우리 새롬이, 얼굴에 트러블 올라왔구나? 여기 좀 와 봐."

언니가 거울 앞에 날 앉혔다. 옆에 매달린 조명이 우리 두 사람을 나란히 비췄다.

우희 언니는 진짜 예쁘다. 적당히 말려 올라간 속눈썹과 짙

은 눈매. 명랑한 표정이 자리 잡은 입꼬리까지.

조금 우울해졌다. 언니 옆에 선 내 모습은 화장한 피에로 같았거든. 나도 모르게 한마디를 뱉고 말았다.

"언니, 오늘 진짜 예쁘네."

그런데 우희 언니는 내 마음을 들여다본 듯 대답했다. 이럴 때, 언니는 조금 귀신 같다.

"우리 아기 또 안 좋은 생각하지? 새롬이도 진짜, 진짜, 진짜 예쁘니까 남이랑 비교하지 마. 사람은 다 다르게 예쁜 거야."

언니는 클렌징 티슈로 내 얼굴을 섬세하게 만져 주었다. 언니가 볼에 손을 얹는 감촉이 좋았다. 그래서 말릴 생각을 하지 못했다. 우린 오늘 라이벌인데.

"트러블이 있다고 컨실러를 너무 얹으면 메이크업이 떠 버려. 가볍게 하는 게 나아."

언니는 그렇게 말하며 메이크업을 수정해 주었다. 난 눈을 감고 언니에게 속삭이듯 물었다.

"언니는 이런 거 다 어디에서 배웠어요?"

"우리는 연습생이잖아. 선배들 백댄서 할 때 메이크업은 우리 스스로 해야지. 나도 가르쳐 준 언니가 있어서 배운 거야. 새롬이도 오늘 배운다고 생각해. 물론 이번에 데뷔하면 메이크업 선생님들이 다 해 주겠지만."

언니는 다정하게 말했다. 하지만 나도 안다. 오늘 무대의 기회가 언니에게 얼마나 간절한지.

우희 언니는 이번이 다섯 번째 도전이다. 다른 회사에서 세 번이나 데뷔가 무산되었고, 우리 회사에 온 후엔 데뷔 직전까지 갔다가 또 한 번 무산되었다.

언니가 그윽한 눈으로 날 바라보았다.

"우리 새롬이. 메이크업 다 고쳤다. 화장 안 해도 예쁜 얼굴이니까, 너무 바르고 덧대지 마. 연습한다고 잠도 못 자고 무리하니까 트러블이 생기는 거야. 건강이 최고야, 알겠지?"

"언니 몸이나 잘 챙겨요."

날 바라보는 언니의 광대가 너무 움푹 패어 있었다.

언니가 춤을 추면 등 뒤에 날개가 자라는 것 같다. 흰 조명이 어깨에 얹혀 날개가 되고, 힘차게 펄럭거린다. 모두의 시선이 언니한테 꽂히지만, 어떤 것도 날개를 꿰뚫지 못한다. 언니는 천사가 날아오르는 것처럼 춤추니까.

오늘 보너스 스테이지는 각자 제일 잘하는 것을 선보이는 특별 무대. 우희 언니는 오랫동안 발레를 배웠고, 누구보다 댄스에 자신이 있다. 우아한 음악 속에서 언니는 멋진 무대를 선보였다.

초조하다. 나는 무대 뒤에서 입 안을 자꾸 깨물었다. 헐어 버린 볼 안쪽에서 비릿한 피 맛이 났다. 그때, 뒤에서 갑자기 쇠로 칠판을 긁는 듯한 목소리가 들렸다.

"야, 백새롬. 그만 깨물어. 너도 귀신 되고 싶냐? 내일 뉴스에 나오겠다. 드림픽션 참가자 백새롬 과다 출혈로 사망. 깨꼬닥!"

'악' 소리를 지르려다가 간신히 참았다. 주변에 스태프들이 잔뜩 있었기 때문에. 무엇보다 아직 우희 언니의 무대가 끝나기 전이다. 천천히 고개를 돌려 그 소리의 주인을 바라봤다.

녀석은 무대 뒤 벽면에 거꾸로 매달려 있었다. 누가 귀신 아니랄까 봐. 정말 별걸 다 한다. 나는 녀석에게 속삭였다.

"야, 김딴딴. 치마 벗겨지겠다. 머리도 좀 묶고 다니면 안 돼?"

"뭐 새삼스럽게 그래. 진짜 꼰대 같다니까. 머리가 어떻고, 치마가 어떻고. 무슨 선생님이야?"

녀석은 장난스러운 표정이었다. 정돈되지 않은 긴 생머리가 바닥에 닿을 듯이 지저분하게 흘러내렸다.

그래. 나는 귀신을 볼 줄 안다.

그리고 내 앞에 있는 이 귀신은 나와 가장 절친한 귀신인 김딴딴이다.

김딴딴이 천천히 나한테 걸어왔다. 무언가 꿍꿍이가 있는 표정이었다.

"내 도움 필요 없어? 진짜로? 보너스 스테이지에서 내가 대신 노래 불러 줄게. 그러면 네가 데뷔하는 거라니까?"

나는 고개를 저었다. 그 애가 무슨 말을 하는지 이미 너무 잘 알고 있다. 김딴딴이 나를 가소롭다는 듯 쳐다보았다.

"야, 대체 왜 안 되는데?"

"이건 경쟁이고 공정해야 하니까."

"허? 경쟁? 공정?"

김딴딴의 눈이 한 바퀴 돌아갔다. 흰자만 남은 눈동자에 핏발이 섰다. 긴 생머리가 벼락이라도 맞은 듯 모두 치솟았다.

"네가 재작년 월말 평가 때 누구 도움으로 통과했지? 날 네 몸에 들어가게 해서 대신 노래 시켰잖아. 작년 12월 드림픽션 참가 멤버 뽑을 때는? 그때도 내가 대신 춤 췄던 거 기억 안 나? 그래 놓고 이제 와서 공정?"

김딴딴의 말은 반만 사실이었다. 가끔 그 애의 힘을 빌려 겨우 평가를 치른 적도 있었다. 하지만 그럴 땐 항상 응급 상황이었다. 작년 월말 평가 때는 코로나에서 겨우 벗어난 상태였고, 드림픽션 참가 멤버를 뽑을 때는 장염으로 일주일 동안 화장실에서 살다시피 했다.

김딴딴이 내 몸에 들어온 채로 평가를 받으면 한동안 몸도, 마음도 아팠다. 차라리 내가 하고 떨어질걸 하는 후회가 들 때가 많았다. 그리고 그 이유가 몸이 아파서만은 아니었다. 정정당당하지 못했다는 게 더 큰 이유였다.

나는 김딴딴을 바라보며 답했다.

"이번엔 진짜 안 돼. 그리고 대체로 내 실력으로 해 왔잖아. 지난 3년간 수십 번 월말 평가를 했어. 그중 딱 두 번만 너한테 부탁한 거고, 이번 오디션도 전부 나 혼자 했잖아. 독감에 시달렸을 때조차."

김딴딴의 눈이 또 한 바퀴 돌아갔다. 마치 작은 공이 굴러가듯이. 눈동자가 돌아가는 소리까지 크게 들렸다. 김딴딴은 나를 다시 밀어붙였다.

"야, 오디션 내내 나는 네 곁에 있었어. 너는 혼자 전속 트레이너를 붙인 채 오디션에 나온 셈이야. 그게 공정하다 생각해?"

나는 꿀 먹은 오소리처럼 입을 다물었다. 김딴딴의 말을 반박할 수 없었다. 그 애는 의기양양한 표정으로 내게 다가왔다.

"무엇보다 내 도움 없이 정우희 이길 수 있어? 아니, 장담하지. 넌 압도적으로 질 거야."

그 말을 듣자, 눈앞이 잠시 캄캄해졌다. 김딴딴의 안목은 기획사에 있는 그 어떤 선생님 못지않다.

데뷔할 기회가 쉽게 주어지는 게 아니다. 나도 이번이 데뷔에 도전하는 두 번째 무대. 오늘이 아니면 언제 데뷔할 수 있을지 모른다. 드림픽션 데뷔를 향해 달려온 몇 달이 머릿속에 떠올랐다. 오로지 내 힘으로 해낸 수많은 춤과 노래. 무대에서 느낀 감동. 날 바라보는 관객의 눈빛과 팬들의 응원까지도. 정말이지 이 모든 것을 내 힘으로 끝까지 지켜 내고 싶었다.

하지만 김딴딴은 다시 한번 나를 재촉했다. 정신이 하나도 없었다.

"떨어질래? 아니면 내 힘을 한 번만 빌릴래? 고작 한 번이라고. 무슨 네 영혼 팔아 먹는 것처럼 생각하지 마."

나는 결국 김딴딴에게 패배를 인정할 수밖에 없었다.

"이번이 마지막이야. 그리고 네 힘에만 의지해서 노래 부르진 않을 거야."

"왜! 그러면 네 노래도 아니고, 내 노래도 아닌 어설픈 노래가 된다고!"

"저번에 무슨 일이 있었는지 기억 안 나?"

김딴딴은 내 시선을 회피했다. 코로나 후유증으로 월말 평가를 대신 시켰을 때, 그 부작용으로 나는 다시 코로나에 걸렸다. 드림픽션 참가 멤버를 뽑을 때도 마찬가지였다. 무대를 마친 후 장염은 더욱더 심해졌다. 급기야 나는 병원에 며칠 입원까지 했다. 회사엔 연습하느라 무리했다고 간신히 둘러댔지만 딱 한 사람만은 속일 수 없었다.

그때, 병실에 누워 있던 내게 엄마는 이렇게 말했다.

"귀신을 자꾸 몸에 들락날락하게 하는 거 아니야. 그러다가는 가수가 아니라 무당이 되고 만다."

2. 나의 꿈, 나의 끼랑

"아쉽게 됐습니다. 참가자 백새롬은 탈락입니다."

나는 웃으며 우희 언니에게 걸어갔다.

미안해, 언니. 이 웃음은 진심이 아니야. 수십 대의 카메라가 날 촬영하고 있으니까. 수천 명의 눈동자가 날 바라보고 있으니까. 그래, 억지로 짓는 웃음이야. 언니에게 진심만 주고 싶었는데.

"축하해, 언니."

나는 우희 언니를 안으며 거짓 미소를 선물했다.

언니는 울고 있었다. 뜨겁고 벅찬 눈물이 내 어깨에 흘러내렸다. 그래, 언니는 천사가 아니라 사람이니까.

곧이어 심사평이 시작됐다. YSH엔터테인먼트의 대표 연수호 사장님이 예리한 눈으로 우리를 노려봤다.

"누구를 뽑아야 할지 정말 고민되는 무대였습니다. 정우희 참가자는 마치 한 마리 새가 땅을 박차고 날아오르는 것 같은 댄스를 보여 주었습니다. 발레 동작을 연상하게 하는 우아함이었습니다."

사장님은 잠시 숨을 고르고 내 쪽을 바라보았다.

"백새롬 참가자는 현역 아이돌 못지않은 보컬이었습니다. 하지만 열두 살은 어린 나이이고, 나이에 비해 노련한 무대는 오히려 더 고민스러웠습니다. 마지막엔 가창이 조금 흔들리기도 했고요. 우리 YSH에서 백새롬만의 세계를 더 갈고, 닦기를 바랍니다."

나는 사장님을 멍한 눈으로 쳐다보다 입술을 질끈 깨물었다. 나이에 맞지 않는 노련한 무대가 어디에서 나왔는지 안다. 그건 내가 아니라 김딴딴이 대신 노래를 불렀기 때문이다. 하지만 김딴딴에게 화난 게 아니었다. 난 무엇보다 나 자신한테 화가 났다. 어차피 떨어질 거라면 내 실력을 발휘하고 떨어질걸. 사장님의 평은 마치 내게 이렇게 말하는 것 같았다.

'백새롬, 이건 네 노래가 아니잖아.'

내가 속으로 분통을 터뜨릴 때, 우희 언니의 데뷔 소감이 공연장에 울려 퍼졌다.

"이 자리는 저의 실력만으로 얻어 낸 자리가 아닙니다. 결승 때까지 함께하며 격려해 준 새롬이와 드림픽션 다른 멤버들에게 이 영광을 돌립니다. 새롬이에게 꼭 하고 싶은 말이 있습니다. 새롬아! 너는 이미 충분히 훌륭한 가수야! 꼭 무대에서 만나자!"

나는 우희 언니를 멍하니 바라보았다.

언니, 아니야. 오늘 언니가 들은 노래는 내가 부른 게 아니라 김딴딴이 부른 노래야. 나는 전혀 훌륭한 가수가 아니야.

차마 들려줄 수 없는 얘기는 마음 안에서만 맴돌았다. 오늘은 우희 언니 인생 최고의 날이니까.

무대가 끝나고 YSH엔터테인먼트 본사를 향했다. 지금 시간은 밤 10시. 엄마 아빠의 문자와 전화가 잔뜩 와 있었지만, 알게 뭐람. 문자로 대충 답장을 보냈다.

연습하고 갈 거임.

뭐라고 또 연락이 왔지만 받지 않았다.

본사 건물은 어두웠다. 왠지는 몰라도 이 건물엔 귀신이 참

많다. 가수와 연기자를 키우는 회사라서 그런 걸까. 연예인들은 기가 세다는 말도 있으니까. 좋은 기획사라면 귀신 소문 정도는 줄줄이 달고 다닌다. 적어도 우리 회사는 소문이 진짜인 듯하지만.

후문을 열고 들어가자 획 하고 귀신이 달아났다. 멀지 않은 곳에서 술렁거리는 소리도 들렸다. 전부 내 자업자득이다. 김딴딴을 내 몸에 들인 뒤부터 유독 귀신이 많이 꼬인다. 엄마 말로는 귀신에 취약한 상태가 되는 거라던데.

한숨을 내쉬며 엘리베이터 버튼을 눌렀다. 그때, 김딴딴이 잽싸게 옆에 와 서더니 큰 목소리로 고함을 질렀다. 빗방울 무늬 박힌 치마가 펄럭일 정도로.

"어떤 귀신이든 백새롬 건들면 나랑 한판 붙을 줄 알아!"

김딴딴의 고음이 회사 전체를 뒤흔들었다. 화분 옆에 얌전히 쪼그려 있는 귀신 하나가 화들짝 놀라는 모습이 보였다. 괜히 애먼 귀신까지 잡은 셈이다. 나는 김딴딴의 옷소매를 붙들었다.

"그만해. 그렇게 겁 안 줘도 어차피 쟤네 아무것도 못 해."

"그래, 그렇겠지. 네가 노래 부르다 말고 날 네 몸에서 쫓아냈잖아. 제대로 몸에 들어간 것도 아닌데 뭐가 위험하다고."

빈정거리는 그 애를 무시하고 엘리베이터에 탔다. 하지만 김딴딴은 멈추지 않고 투덜거렸다. 그 목소리가 쩌렁쩌렁 지하를 가로질렀다.

"어떻게 내 노래를 중간에 끊어?"

김딴딴은 끊임없이 투덜거렸다. 귀가 멍해질 정도로. 나는 도저히 화를 참을 수 없어 버럭 소리를 지르고 말았다.

"심장이 입 밖으로 튀어나올 것 같고, 온몸이 저릿저릿하게 아팠으니까! 그러니까 끊은 거지! 그것도 거의 마지막 구절에 그런 거잖아!"

"허, 그래서 새롬이 네가 노래를 끝까지 잘 불렀어? 내가 빠져나간 다음에 잠깐 헉하는 것 같던데?"

"가사는 안 틀렸어. 끝까지 어떻게든 불렀어."

"하지만 음정은 흔들렸지."

나는 몸을 획 돌렸다. 이렇게 힘든 날에 왜 저렇게 빈정거리는 걸까. 녀석을 무시하고 연습실 문을 열었다. 그런데 그곳엔 연수호 사장님이 서 있었다.

"우리 새롬이가 많이 힘들었구나. 심장이 튀어나올 것 같고, 몸이 저릿할 정도인지는 몰랐다."

다행히 사장님은 김딴딴과 대화한 사실을 모르는 듯했다. 큰소리로 외친 몇 마디만 조금 주워들은 모양이었다.

"아까 평은 진심에서 나온 충고다. 오늘 노래는 좋았지만 너는 아직 어려."

"알았어요. 아까 다 들었어요."

"말하지 않았니. 우리 회사 처음 세울 때 있던 가수 김별 말이다. 김별도 너처럼 어린 나이에 얼마나 열심히 했던지. 그러다 마음고생이 너무 심해서 그만 연예계를 떠나고 말았다니까."

"네, 네. 아무렴요. 얼마나 대단한 김별이게요."

나는 사장님을 쳐다보지도 않고 퉁명스럽게 답했다. 김별은 우리 회사를 처음 세울 때 활동했다는 가수다. 당시 나와 비슷한 나이였다고 하는데 사실 나는 잘 알지 못한다. 회사에 걸린 사진으로만 알 뿐. 너튜브 영상을 몇 개 보긴 했는데 얼굴도 알아보기 힘들었다. 화질이 너무 안 좋다고.

무엇보다 이제 내게 김별은 사장님의 잔소리 주제일 뿐이다. 뭣만 하면 김별이 어쩌고저쩌고. 지긋지긋한 얘기를 지금 듣고 싶진 않았다. 데뷔에 실패한 지 몇 시간도 지나지 않았다. 그리고 사장님은 그걸 결정한 장본인이지 않은가. 잠시 내 눈치를 살피던 사장님은 급하게 화제를 돌렸다.

"아무튼 그 얘기를 하려던 건 아니다. 사실 우리 새롬이한테 알려 주어야 할 이야기가 있어서 이렇게 급하게 왔어. 부모님께 전화해 보니 연습실에 갔다고 해서 말이다."

의아한 눈으로 사장님을 쳐다봤다. 사장님은 멀뚱히 서서 말을 꺼냈다.

"우리 회사는 드림픽션을 데뷔시킨 다음에 앞으로 7년 정도는 새 걸그룹을 데뷔시킬 계획이 없다."

이게 무슨 날벼락 같은 소리일까. 믿기지 않는 소식에 나는 말까지 더듬으며 되물었다.

"그, 그러면…… 걸그룹을 안 만들면요?"

"3, 4년쯤 뒤에 보이그룹을 하나 데뷔시킬 계획이다. 하지만 걸그룹은 당분간 계획이 없어."

"저보고 여기서 더 갈고, 닦으라면서요?"

사장님은 말이 없었다. 침묵 뒤에 긴 한숨만 흘러나왔다.

"미안하다. 고민 끝에 말하는 거야. 다른 사람들은 그냥 널 놔두라고 했다. 하지만 계속 기다리게 할 순 없잖니. 8년 뒤면 새롬이 너도 스무 살인데."

사장님이 꺼낸 숫자에 머릿속이 캄캄해졌다. 스무 살이라니. 우희 언니가 지금 열여덟인데.

멍해진 머릿속으로 사장님의 담담한 목소리가 들려왔다.

"우리로선 새롬이 너처럼 실력 있는 연습생은 붙잡아 두는 게 낫다. 하지만 말해 줘야 한다고 생각했다. 당분간 걸그룹으로 데뷔할 기회가 없다는 사실을. 그건 너의 꿈이니까."

넋을 잃은 채 연습실에 걸린 거울을 보았다. 그 안에 있는 여자애의 표정은 파랗게 질려 있었다. 바들바들 떠는 그 애가 사장님에게 말했다.

"그러니까 사장님 말은 제가 남자애가 아니라서 데뷔를 못할 거다 이 말이잖아요?"

"그런 게 아니야. 회사가 돌아가는 데는 순서가 있어. 당분간은 드림픽션에 집중해야지. 그다음이 보이그룹 차례인 것도 다 어쩔 수 없는 일이고."

사장님의 반응은 단호했다. 나는 급기야 본심도 아닌 말로 불평을 터뜨리고 말았다.

"제가 우희 언니보다 무대에서 못한 게 뭐가 있어요! 이제까지 방송에서도 우희 언니보다 훨씬 많이 승리했잖아요! 애초에 제가 보너스 스테이지에 왜 남은 거예요? 설마 제가 어려서 그런 거예요? 이번엔 어려서 데뷔 못 하고, 그다음엔 보이 그룹 때문에 데뷔 못 하고, 그게 말이 돼요?!"

사장님은 측은한 눈빛이 나를 바라보았다.

"새롬아, 흥분 가라앉혀라. 네겐 아직 너무나 많은 시간이 있어. 우리와 함께 더 준비해도 좋다. 그게 아니라면 다른 기획사로 가도 좋아. 모든 건 너의 선택이야."

나는 사장님을 말없이 쳐다보았다.

사장님, 대한민국에서 최고로 손꼽히는 YSH의 연습생이란 사실이 제 자랑이었어요. 지난 3년간 데뷔하려고 발버둥 쳤어요. 아플 때는 귀신의 힘까지 빌렸다고요.

이런 말을 사장님에게 건네진 않았다.

그저 이를 꽉 문 채 답했다.

"고맙습니다. 생각은 해 볼게요."

"그래, 기특하구나. 사실 널 보면 옛날 그 김별이 생각날 수밖에 없어. 어린 나이에 데뷔한다고 고생을 많이……."

"김별 얘기는 제발 그만하시고요."

나는 사장님을 노려보며 쏘아붙였다. 사장님은 진짜 눈치가 없다. 연 사장님은 머쓱한 웃음을 지으며 사라져 버렸다.

털썩 주저앉은 채 연습실 거울을 바라보았다. 어제만 해도 저 거울에 우희 언니와 내가 같이 들어가 있었다. 저번 주엔 다른 언니들 모두와 함께 단체로 안무를 맞췄다.

하지만 지금은 혼자 저 거울 안에 붙박여 있다.

천천히 몸을 움직였다. 오늘 우희 언니가 나를 이겼던 무대를 떠올리며. 그 천사의 날갯짓을 따라 해 보며. 언니의 반의 반이라도 춤을 출 수 있다면 좋았을 텐데. 아니, 지더라도 내 노래를 하고 졌다면 훨씬 홀가분했을 텐데.

생각을 비우고 연습만 반복했다. 지난 3년간 매일 했던 것처럼. 김딴딴은 아무 말 없이 나의 춤을 바라봐 주었다.

2부. 양민새와 김딴딴

3. 개학

「드림픽션」이 끝난 지 두 달이 지났다. 오늘이 바로 개학이라는 이야기다. 창밖 저 멀리로 벌써 등교하는 아이들도 보인다.

하지만 나는 학교에 가고 싶지 않아서 이불을 끌어 올렸다. 머리끝까지 담요를 덮었을 때, 김딴딴의 불평이 쏟아졌다.

"백새롬! 학교 안 가? 나는 학교가 좋단 말이다! 학교 가자! 학교!"

"그렇게 가고 싶으면 너 혼자 가."

"아, 나는 아침에 너 없으면 힘들다고! 네가 있어야 움직일 수 있을 만큼 힘이 난다고!"

"응, 그러면 함께 연습실이나 가자."

"악! 연습! 연습! 연습! 회사 지겨워! 학교 가자! 학교!"

세상에, 학교 가는 걸 저렇게 좋아하다니. 아무리 귀신이어도 이해가 안 됐다.

김딴딴은 학교를 좋아한다. 음산한 기운이 많아서 기분이 좋아진다나, 뭐라나. 귀신의 시선은 정말 사람과 다르다. 하지만 난 사람이라서 학교 가면 기분이 별로라고.

다시 눈을 감았는데, 엄마의 불호령이 들려왔다.

"백새롬, 빨리 안 나와? 그리고 김딴딴! 너 한 번만 더 눈에 띄면 소멸시켜 버린다고 했지!"

엄마가 멋대로 방문을 열고 들어왔다. 문 열리는 소리와 함께 김딴딴은 도망가 버렸다. 아침에는 힘이 안 나니, 뭐니 하더니 순 거짓말이었다.

"백새롬, 이불에서 나와. 그리고 김딴딴 얘는 또 도망갔어?"

"몰라. 나 오늘 학교 안 가요. 회사로 바로 갈 거야."

"개학 첫날에 회사를 왜 가?"

"연습실 가서 연습해야지."

엄마의 미간에 계곡 모양의 주름이 잡혔다. 아, 위험하다. 얼른 몸을 일으켰다. 영혼의 힘을 볼 수 있는 내 눈엔 또렷하게 보인다. 엄마의 등 뒤로 엄청나게 강한 영력이 출렁거리는 게. 난 특히 저런 힘에 취약하다. 벌써 몸이 부들부들 떨려 온다. 난 벌떡 일어나 옷을 갈아입는 시늉을 했다.

"응, 학교 갈게. 미안."

"그래. 잘 생각했어. 바쁘니까 엄마 화나게 하지 마. 엄마도 오늘 개강이라 학교 가야 하니까."

엄마는 우리나라에서 제일가는 무녀였다고 한다. 하지만 내가 태어나고 나서는 모든 걸 다 접고 공부에 매달리더니 민속학과의 교수님이 되었다. 날 노려보는 엄마 뒤에서 아빠의 다정한 목소리가 들렸다.

"아이고, 여보. 아침부터 아주 새롬이를 잡네, 잡아. 새롬아, 천천히 일어나. 좀 지각해도 돼. 그냥 우리 셋이 함께 등교하자. 물론 가는 학교는 다 다르지만. 짠짠짠~ 학교 갑시다~ 하하, 하하하."

아빠는 제법 유쾌한 농담을 던졌다고 믿는 것 같았다. 게다가 웬 노래까지 불렀다. 아빠는 트로트를 좋아한다. 자꾸 이상한 노래를 맘대로 지어 부르곤 한다. 물론, 엄마도 트로트를 좋아하긴 한다. 아빠와 달리 노래 솜씨가 끝내주지만.

어휴, 아빠는 산발한 머리를 정돈도 하지 않았다. 저러고 출근할 생각일까. 나는 아빠한테 빗을 건넸다.

"아, 진짜 머리라도 좀 빗고 다녀요. 그 이상한 노래 좀 그만 부르고!"

아빠가 천진하게 씩 웃었다.

"우리 딸이 아빠 머리도 신경 써 주고 좋다. 짜라짜라짜짜짠."

나는 귀를 막았다. 아빠는 말릴 수가 없다. 이렇게 바보 같은데, 아빠도 대학에서 학생들을 가르친다. 그런데 엄마랑 다르게 공대 교수님이다. 도대체 공대 교수랑 무녀가 어떻게 만난 걸까. 아빠는 학교에서도 맨날 저렇게 이상한 노래를 부르고 다닐까. 정말 걱정이다.

빗질을 끝낸 아빠가 나를 향해 말했다.

"아이고, 오컬트 주파수가 더 강해졌구나. 그 딴딴인가 하는 친구가 여기 있니?"

엄마가 고개를 가로저었다. 나는 아빠 손목에 있는 시계를 보았다. 아빠가 발명한 오컬트워치다.

아빠는 귀신을 볼 수 없는 대신에 귀신의 주파수를 확인할 수 있는 기계를 발명했다. 어차피 귀신은 잘못된 전파 신호의 일종이라나, 뭐라나. 뭔 소리인지는 모르겠지만 아빠는 귀신을 못 봐서 다행이다. 걔네가 보이면 인생이 피곤하거든.

느릿느릿 옷을 갈아입고 있는데, 엄마가 소리를 버럭 질렀다.

"빨리 안 갈아입어? 그리고 그 잡귀 데려와! 얼른 저승에 보내든가, 소멸시키든가 해야겠다. 저번 결승 무대에서 그게 네 몸 빌려서 노래했지?"

"아, 아니야."

난 조개처럼 입을 앙다물었다. 오디션에서 다른 누가 나 대신 내 노래를 부르게 했다는 사실이 창피했다. 무엇보다 엄마한테 그 사실을 들키고 싶지 않았다. 엄마에겐 늘 자랑스러운 딸이 되고 싶은데. 그런 부끄러운 모습을 들키고 싶지 않았다.

엄마는 버럭 소리를 질렀다.

"아니긴 뭐가 아니야! 엄마가 내 딸 노래인지, 딴 놈 노래인지 분간도 못 할 것 같아?"

엄마의 호통에 기분이 복잡해졌다. 엄마는 그날 수업이 있다면서 내 무대를 보러 오지 않았었다. 아니, 사실 오디션 내내 오지 못했다. 엄마의 학교는 집에서 두 시간 떨어진 곳에 있기 때문이다.

내가 가수를 꿈꾸게 된 건 엄마 때문이었다. 자주 집을 비우는 엄마 옆에 목소리로나마 같이 있고 싶어서. 내 목소리로 노래하지 않은 건 부끄러웠지만, 엄마가 내 목소리를 구분해 냈단 사실은 기분 좋았다.

"엄마, 내가 나온 방송 봤어요?"

"봤지. 네가 나온 방송은 당연히 다 봤지. 근데 백새롬, 지금 그게 중요해?"

"엄마, 안 그래도 이제 걔 힘 빌릴 일 없어요. 얘기했잖아. 우리 기획사 당분간 걸그룹 안 만든다고."

내 말을 들은 엄마가 깊게 한숨을 쉬었다. 어쩐지 미안해졌다. 엄마 아빠도 나를 위해 엄청나게 노력해 줬으니까.

"너희 사장도 이상해. 뭘 어린애한테 그런 걸 일일이 말한다니? 그리고 그런 얘기는 부모한테 먼저 얘기해야 하는 거 아니야? 앞으로 연 사장 만날 때 녹음기 들고 다녀. 아주 애한테 못 하는 말이 없어."

엄마는 품에서 주섬주섬 웬 녹음기를 꺼냈다. 그리고 직접 내 재킷 속주머니에 집어넣었다. 가슴팍으로 거침없이 들어오는 손이 당황스러웠다.

"아! 엄마! 왜 갑자기 막 만져!"

"아휴, 진짜! 네가 녹음기를 순순히 받으면 되잖아!"

엄마는 기어코 주머니에 녹음기를 집어넣었다. 흡족한 미소를 지으면서 말이다.

아침을 대충 먹고 집을 나섰다. 그리고 학교 앞 사거리에서 드림픽션의 모습을 보았다. 빌딩 위 전광판에 데뷔곡 무대가 나왔다. 드림픽션은 데뷔한 지 두 달도 안 되어 빌보드 차트에 진입했다. 엄청난 사건이었다. 우희 언니가 눈물을 흘리며 기뻐하는 모습이 거대한 전광판에 떠올랐다. 언니, 너무 축하해. 그런데 이상하다. 왜 이렇게 몸에 힘이 빠질까.

애들은 아이돌을 좋아한다. 개학 첫날의 핫이슈는 드림픽션일 것이다. 한 달도 안 되어 국내 모든 음악 방송 1위를 차지했고, 두 달도 안 되어 빌보드 76위를 차지했으니까.

아, 학교 가기 너무 싫다. 다들 나한테 몰려들어서 오디션 어땠냐고 물어볼 것이다. 안 그래도 나한테 관심들이 많은데. 회사로 발걸음을 돌리려다가 참았다. 이미 정문까지 도착한 상태였거든.

그러나 아이들의 관심사는 나와 드림픽션이 아니었다. 우리 반의 호기심은 오로지 한 아이에게 꽂혀 있었다.

교실에는 처음 보는 전학생이 앉아 있었다. 나의 베프 설윤이 옆자리였다.

이야, 잘 생기긴 했다. 칼로 다듬은 것 같은 턱선, 산을 올려놓은 듯 높고 예리한 콧대, 부리부리한 눈은 어찌나 큰지. 게다가 눈동자 색은 금가루를 뿌린 것 같은 묘한 갈색이다. 연습생 중에서도 이렇게 생긴 애는 본 적이 없다. 나도 슬쩍슬쩍 눈길이 갈 정도였다.

우리 동네 단군시는 신도시라 전학생이 많긴 하다. 하지만 이 애는 그중에서도 남다른 주목을 받을 수밖에 없었다. 본인은

별로 관심이 없어 보였지만.

"이름은 염라우. 잘 부탁한다. 끝."

퉁명스러운 소개와 달리 열렬한 박수갈채가 쏟아졌다. 모든 아이의 눈길이 내가 아니라 그 아이를 향했고, 어쩐지 나는 그게 서운하고, 싫었다. 근데 왜 싫은 거지? 왜 서운한 거지?

모르겠다. 내 마음은 진짜 나도 모르겠다.

4. 양민재의 도발

쉬는 시간이 되자마자 엎드려 잤다.

수업이 하나도 이해가 안 갔다. 하기야, 어쩌다 한 번 학교에
오는데 공부가 잘되면 더 이상하다. 수업 때도 꾸벅꾸벅 졸음만
쏟아졌다.

김딴딴이 날 따라온 것 같기는 한데, 학교 여기저기를 구경하
고 있나 보다. 걔도 어차피 수업은 관심 없다. 귀신에겐 귀신 나
름의 스케줄이란 게 있다. 우리는 각자 서로의 생활엔 터치하지
않는 편이다.

그런데 책상을 조심스레 두드리며 나를 깨우는 사람이 있었다. 그 친구는 하설윤이었다. 우리는 유치원을 다니기 전부터 친구였다. 우리 엄마와 설윤이 엄마도 엄청 친하다.

"잠깐 일어나 봐. 할 말 있어."

나는 그 애가 무슨 말을 하려고 하는지 다 알 것 같았다. 그래서 귀찮은 벌레를 내쫓듯 손을 휘휘 저었다.

"더 자면 안 돼? 중요한 소식이야?"

설윤이는 비장한 표정으로 고개를 마구 끄덕거렸다. 저런 눈을 하는데 계속 거절할 수도 없는 노릇이었다.

나는 복도에 따라 나갔다. 아니나 다를까. 설윤이가 전하는 소식은 내가 예상하던 그 소식이었다.

"양민서가 또 너 욕해."

"응, 그래? 민서와 그 아이들은 여전하구나. 변함없어서 좋다."

"아씨, 그게 다야!?"

"응, 이게 다야. 걔네가 뭐라고 일일이 전해. 내 뒷담화 하는 사람 많아. 너튜브 댓글 못 봤어? 나 돼지라고, 로봇처럼 춤춘다고. 악플 다는 사람 수두룩해."

나는 하고 싶은 말만 기관총처럼 뱉었다. 위로도, 반박도 거절하고 싶었다. 설윤이를 뒤로하고 화장실로 도망쳤다.

맨날 뒷담화하는 양민서 무리보다 그걸 일일이 전하는 설윤이가 피곤하다. 모르면 화날 일도 없다고. 댓글도 요새는 안 보는 중인데.

그런데 화장실에 도착하자마자 민서 친구들의 목소리가 들렸다.

"야, 백새롬 걔는 연습생 주제에 왜 그렇게 나대? 앨범까지 낸 민서가 있는데 어딜 우쭐거리는 거야? 안 그래, 민서야?"

"앨범 낸 게 그렇게 대단한 건 아니야. 많이 팔리지도 않았고."

"많이 팔리든 안 팔리든 민서 너는 데뷔한 가수잖아! 백새롬은 고작 연습생이고!"

화장실 문밖까지 적나라하게 들렸다. 도저히 그냥 넘어갈 수 없다. 고작 연습생이라니. 연습생이 얼마나 힘든 줄 알기나 하나.

화장실 문을 박차고 들어갔다.

"야, 양민서는 아주 대단한 가수인가 보다. 축하한다. 얼마 전에 무진 고사리 축제 갔다 왔지?"

민서의 얼굴이 붉게 달아올랐다. 내가 너무했나. 하긴, 아까 들으니 민서는 딱히 날 욕하는 것 같진 않던데. 아니다. 나는 마음을 다잡았다. 욕하는 자리에 가만히 서 있으면 본인도 공범이다.

양민서는 트로트 가수다. 전국가요자랑에서 우수상을 받은 다음에 데뷔까지 했다. 신동이라면서 잠깐 주목받기도 했다. 물론, 세상엔 신동이 많다.

양민서 친구 중 한 명이 내게 다가왔다. 어쭈, 한 대 때릴 기세였다.

"야, 백새롬. 민서가 고사리 축제 간 것까지 찾아봐?"

"내가 찾아본 거 아니야. 너희 대장 양민서가 내 인별 팔로우하잖아. 맞팔하자고 디엠도 보냈어. 너흰 몰랐나 보다. 난 그거 잘 지내 보자는 뜻으로 알았지. 근데 여전히 너희들은 나 욕하네? 맞팔도 괜히 해 줬어. 인별 사진이 죄다 무슨 행사 돌아다니는 거밖에 없고."

내가 말을 마치자, 민서의 손이 부들부들 떨렸다. 난 이래서 얘가 싫다. 차라리 대놓고 욕을 하고, 쏘아붙이라고. 욕하는 친구들 사이에서 가만있는 양민서. 얘는 도통 무슨 생각을 하는지 알 수가 없었다. 그리고 그게 더 음흉하게 보였다.

양민서는 몸을 부들부들 떨면서 간신히 한마디를 했다.

"야, 백새롬. 넌 초대도 못 받았잖아. 가수가 아니니까."

"응. 난 그때 KTBC에서 하는 드림픽션 오디션 출전하고 있었지. 너도 그때 방송 타긴 했더라. 무진쓰리랑티브이."

KTBC는 세계적으로 유명한 음악 방송이고, 무진쓰리랑티브이는 무진에만 나오는 지역 방송이다. 민서의 얼굴이 구겨진 종잇장처럼 변했다.

민서 친구 중 한 명이 내게 다가와서 쏘아붙였다.

"야, 백새롬. 고작 오디션 프로그램 출전하고 그렇게 유세니?"

"내가 언제 유세 떨었어?"

"그래 봤자 오디션에서 떨어진 연습생 주제에. 무슨 빌보드 진출이라도 한 것처럼 구네."

"그래. 어디 양민서도 오디션 나가 보라고 해. 빌보드도 가 보라고 해 봐. 트로트로 빌보드 진출하면 아주 대단하겠어."

나는 어처구니가 없었다. 고작 오디션에서 떨어진 연습생? 빌보드 진출이라도 한 것처럼 군다고? 방송에 나가기 위해 얼마나 힘든 평가를 거쳐야 하는지 애네는 알까. 나는 양민서를 쳐다보며 쐐기를 꽂았다. 어차피 대장은 양민서니까.

"양민서는 오디션 나가면 바로 붙을 줄 알아? 오디션 프로그램 한 번도 안 나가 봤잖아? 아니, 민서도 오디션 나가긴 했네. 전국가요자랑."

내 말이 끝나자, 양민서 무리 사이에서 웃음이 터져 나왔다. 풉. 푸하하. 푸하하하. 지들 친구 놀리는 게 웃긴가. 웃음 속에서 양민서는 고개를 푹 숙였다.

너무 몰아세웠나. 아니야, 먼저 시비를 건 건 양민서라고. 그 애는 말을 더듬으며 소리를 질렀다.

"나, 나도 곧 KTBC에서 하는 오디션 프로그램 나갈 거야! 너도 나와!"

"거기를 왜? 네가 나가는 거면 트로트 오디션 아니야?"

"지금 자신 없어서 그러는 거지!?"

웬일이람. 양민서는 갑자기 소리까지 질렀다. 평소엔 입을 꾹 닫고 뭔 생각하는지 모르겠는 표정으로 계속 있으면서 말이다. 이렇게 큰 소리 내는 모습은 처음 보았다.

나는 그런 민서를 무시한 채 화장실을 빠져나왔다. KTBC에서 하는 트로트 오디션이라. 그곳에서 우승하면 솔로로 데뷔할 수 있을까. 앨범도 나오겠다. 그러면 우희 언니랑 같은 무대에 설 수 있는 걸까.

생각을 이어 나가던 그때, 내 머릿속으로 어떤 노래가 떠올랐다. 엄마가 평소에 흥얼거리는 노래였다. '진실한 사랑 말하던 눈빛을 기억합니다' 아빠가 연애하던 시절에 자주 불러 줬다던 노래였지. 그 노래는 트로트였던 것 같다. 하긴 우리 부모님도 사실 트로트를 더 좋아하지. 가수가 되고 싶긴 했지만 그게 꼭 아이돌이어야 할 이유가 나에게 있을까. 나는 그냥 노래 부르는 게 좋았던 건데.

생각은 끝없이 이어졌다. 이윽고 나는 머리를 절레절레 흔들었다.

"아니야. 갑자기 무슨 트로트야. 내가 무슨 엄마 아빠를 위해 노래 부르는 사람인가."

그때, 남자 화장실에서 누군가 걸어 나와 내 곁으로 다가왔다. 그 애는 묘한 눈으로 날 보았다.

"너, 되게 재밌네?"

이상한 말을 날린 건 다름 아닌 전학생 염라우였다. 재밌다니. 사람을 보고 재밌다니. 아직 단 한 마디도 나눠 본 적 없는 사이인데.

"뭐가 재밌니? 너 혹시 화장실에서 내가 다툰 내용 들었어? 밖에서 다 들렸지?"

염라우는 긍정도 부정도 하지 않고 그저 나를 계속 바라보고 있었다. 나는 열불이 뻗쳐 녀석에게 쏘아붙였다.

"넌 남이 싸우는 게 재밌어?"

염라우는 여전히 나를 물끄러미 쳐다보기만 했다. 기묘한 색의 눈동자가 날 보고 있었다. 갈색이었다가, 검은색이었다가, 다시 푸른색 같기도 한 그 이상한 눈동자.

나는 그 애에게 버럭 소리를 질렀다.

"왜 대답은 안 하고 쳐다만 봐!?"

"재밌어서. 너도 재밌고 네 친구도 재밌어서."

"친구라고? 누구, 양민서? 걔 내 친구 아니거든!?"

염라우는 대답 없이 등을 돌려 사라져 버렸다. 나를 보지도 않고 손을 들어 인사만 했다. 대체 뭐야 저 녀석.

그런데 그 순간, 내 등 뒤를 덮치는 한 사람, 아니 귀신이 있었다.

"새로운 친구야? 쟤 느낌 좀 이상한데?"

어느새 내 옆으로 다가온 김딴딴이 천진한 목소리로 말했다.

"쟤 혼내 줘? 아주 혼쭐을 내 줄까? 근데 사실 나 쟤한테 가까이 가긴 싫은데. 쟤 뭔가 되게 기분이 나쁜데."

"그러면 가만히 있어. 넌 가만히 있는 게 돕는 거야."

머쓱한 표정을 짓는 김딴딴에게 나는 불쑥 이렇게 말하고 말았다.

"평소처럼 노래나 도와줘. 근데 너 트로트 부를 줄 알아?"

내 물음에 김딴딴은 빙그레 웃음을 지었다.

5. 삶의 애환 그리고 뽕끼

그날 저녁. 나는 아빠가 차려 준 식사를 최대한 가볍게 먹었다. 엄마는 오늘도 학교 연구실에서 자고 온다고 한다. 아침 수업이 있을 땐 종종 그러는 편이다.

근데 밥은 왜 이렇게 많은 걸까. 아빠한테 조금만 해 달라 부탁했는데, 오늘도 상다리가 부러질 것 같았다.

"새롬아, 지금 많이 먹어야 키가 크는 거야."

"그래도 오디션 할 때보단 많이 먹잖아요. 안 그래도 사람들이 나 살쪘다고 뭐라고 해요."

"우리 새롬이 직접 보면 그런 얘기 못 할걸? 아이고, 팔목 가는 것 좀 봐."

"뭐가 가늘어. 우희 언니에 비하면 통나무예요. 통나무."

"다른 누구랑 비교하지 마. 아빠는 우리 새롬이가 얼마나 보기 좋은데."

난 아빠를 노려보았다. 저 '보기 좋다는 말'이 제일 듣기 싫다. 다들 댓글로 '백새롬은 돼지다 vs 백새롬은 보기 좋다'로 얼마나 싸우는데.

아무도 우희 언니한테는 보기 좋단 말 같은 거 안 한다. 말랐다, 여신이다, 저렇게 되고 싶다. 그런 말만 한다. 언니는 나랑 비슷한 나이 때부터 식단 관리했지만, 키만 잘 자랐다.

그렇지만 아빠를 말로 이길 순 없을 거다. 저번엔 나 때문에 무슨 영양학과 교수님까지 만나고 왔다. 그날 한 시간 넘게 잔소리를 들었다. 이럴 땐 대충 대꾸하고 넘어가야 한다.

"네, 아빠."

나는 멀리 있는 반찬 하나를 성의 없이 집었다. 아빠 입에 미소가 걸리는 모습은 그래도 보기 좋았다.

"우리 새롬이 잘 먹네. 우리 딸 먹는 모습이 아빠는 제일 보기 좋아."

"엄마는 내일 오세요? 아니면, 더 늦게 오세요?"

아빠는 슬그머니 내 눈치를 보았다. 어릴 땐 엄마가 들어오지 않는 밤이면 거실에 드러누워 떼를 부리기도 했다. 하지만 나도 이제 열두 살이다. 엄마가 없다고 소리 지르는 어린애가 아니다. 아빠는 내 머리칼을 쓸어 주며 답했다.

"엄마는 요즘 해야 하는 연구가 있어서 무척 바쁘시대. 주말에 잠깐 왔다가 바로 가야 한다고 하시던데?"

"어쩔 수 없죠. 그래도 오디션 할 때는 내 얼굴을 텔레비전으로라도 봤을 텐데, 이젠 그럴 수도 없겠네."

나도 모르게 조금 서운함이 묻어 나왔나 보다. 아빠가 내 얼굴을 물끄러미 쳐다보았다.

"새롬아."

"네?"

"오디션 나가고, 기획사에서 연습하고 하는 게 힘들면 쉬어도 좋아. 굳이 무엇이 되지 않아도 괜찮단다. 아빠는 네가 노래를 해서 행복하면 좋겠어."

무슨 답답한 소리를 하는 걸까. 꿈이 없는 건 꿈이 있는 것보다 더 힘들다. 그걸 모르는 걸까. 아빠는 국그릇에 찌개를 옮기며 말을 이었다.

"텔레비전에 우리 새롬이가 안 나오는 게 어때서? 아빠랑 엄마 마음속에는 늘 새롬이가 나오는걸! 짜라짜라짜라짠~"

칫. 또 이상한 트로트 멜로디를 붙인다. 그래도 아빠의 말은 듣기 좋았다. 뭐라고 대꾸하려다 다정하니까 봐주기로 했다.

저녁을 다 먹고 함께 텔레비전을 봤다. 하지만 내 시선은 계속 시계에 꽂혀 있었다.

9시가 되자 아빠는 안방에 들어갔다. 조금 눈치를 보다가 옷을 입고 바깥에 나왔다. 아빠의 하루는 정확하다. 지금 잠들면 내일 아침 6시까지는 깨지 않는다.

아파트 문을 나서자, 김딴딴이 내 곁으로 날아왔다.

"트로트다! 트로트! 오늘은 트로트 부르는 날! 우히히! 공원 콜? 연습실 싫다."

잠깐 생각하다가 고개를 끄덕거렸다. 회사에서 트로트 노래를 불렀다간 내가 아이돌 데뷔 안 시켜 준다고 시위하는 줄 알거다.

"그래. 오랜만에 공원이나 가자."

김딴딴과 함께 대왕 공원에 왔다. 아파트 인근에 있는 이 공원은 산을 깎아 만든 공원이다. 공원 반대편엔 묘지가 있고, 이 공원 한가운데엔 염라대왕을 모시는 사당도 있다.

그 말은 이곳이 동네 귀신 다 모이는 핫플이란 얘기다. 김딴딴은 소리를 질렀다.

"오예! 대왕 공원 짱이다!"

귀신들은 저녁이 되면 기분이 좋아진다. 힘이 왕성해지는 시간이라나, 뭐라나. 특히 이 공원에선 더 기운이 좋아진다고 한다. 나는 김딴딴을 보며 웃었다.

"가자. 저 안쪽에서 노래를 불러야 아파트까지 안 들려."

김딴딴은 내 쪽은 쳐다보지도 않고 고개를 끄덕거렸다.

오늘은 김딴딴과 함께 트로트를 연습하려고 온 거다. 뭐, 양민서가 말한 오디션에 꼭 나가려고 하는 건 아니다. 데뷔도 미뤄진 김에 다양하게 연습해 보면 좋지 않을까. 엄마 아빠가 트로트를 좋아한다는 게 생각이 안 났다면 그것도 거짓말이고.

저 앞의 길목을 돌면 대왕 공원의 중앙 광장이 나온다. 스산한 분위기 탓에 저녁이면 텅 비는 곳. 하지만 난 종종 이곳에서 노래 연습을 하곤 한다. 회사에서 부르는 것보다 운치가 있다.

그곳이 으스스한 이유는 귀신이 가득 있기 때문이다. 채소마켓 게시판엔 대왕 공원에서 귀신을 봤다는 목격담이 들리는데, 대부분 사실일 거다. 그런데 그 많던 귀신이 오늘 따라 하나도 안 보인다.

중앙 광장으로 향하는 길목을 돌았을 때, 한 남자애가 튀어나왔다. 낯익은 얼굴이 나를 뚫어지게 쳐다봤다.

"뭐야."

그 말은 내가 그 애에게 건네고 싶은 말이었다. 여기서 사람을 만난 게 처음이라 귀신인 줄 착각할 뻔했다고. 하지만 분명 귀신은 아니었다. 예리한 콧날, 말끔한 턱선의 남자애. 난 이 애가 누군지 안다.

"염라우, 여긴 무슨 일이야?"

염라우는 대답 없이 나를 노려봤다. 부리부리한 눈매, 묘한 갈색 눈동자가 나를 아래위로 훑었다. 기분 나빠. 그리고 손에 잔뜩 들려 있는 종이컵 꽂힌 막대기들은 다 뭐야. 탕후루? 대체 몇 개를 먹은 거야.

"밤길 조심해. 특히 너는 더 조심해야겠어."

염라우는 그 말만 남기고 훌쩍 사라져 버렸다. 어찌나 걸음이 빠른지 순식간에 공원 입구까지 가 버렸다. 황당함에 혼잣말이 나왔다.

"뭐야, 쟤는? 밤길 조심하라고? 어이가 없네."

그런데 어디로 갔는지 김딴딴이 코빼기도 보이지 않았다. 어처구니가 없었다. 공원에 오자고 그렇게 보챌 때는 언제고. 하여간 귀신들이란 제멋대로다. 할 수 없이 혼자 광장을 향해 걸어가는데 몇 발자국 떼지 않아 김딴딴이 다시 나타났다.

"나, 나, 나, 공원 귀신들한테 물어보고 왔어."

"뭘 물어봐?"

"왜 오늘 여기 귀신이 하나도 없는지 물어봤지. 근데 저 염라우라는 애 때문에 뭔가 무서운 기분이 들었대. 그래서 죄다 도망갔다는데?"

"너도 도망쳤다가 온 거야?"

김딴딴이 고개를 마구 *끄덕거렸다.*

나는 코웃음을 쳤다. 귀신이 사람한테 겁먹고 도망쳤다니. 그게 무슨 희한한 소리일까.

"흥, 사람들 놀래키는 재미로 살더니 아주 꼴좋다."

나는 녀석을 뒤로하고 오랜만에 중앙 광장에 들어섰다. 노래를 부르기에 딱 알맞았다. 풀 냄새가 나고, 근사한 달빛은 텅 빈 광장 가운데를 환히 밝혔다.

목을 가다듬고 천천히 노래를 시작했다.

살아가는 게 그리 쉽진 않아

세상 사람 모두가 괴로워하지

밤늦게 퇴근하는 아버지 모습

공부하다 고개 숙인 학생도

모두의 가슴에 고민 하나씩

그렇지만 나는 사랑 노래 부를 거야

세상을 밝히는 사랑 노래로

사랑만이 이 세상의 모든 것이야

노래를 마치자 어디선가 박수갈채가 들려왔다. 아직 공원을 떠나지 않은 귀신인가 본다. 오랜만에 누군가의 박수를 듣는 게 기분이 좋았다. 근데 김딴딴은 미심쩍은 눈으로 나를 바라봤다.

"이거, 그 양민서인가 뭔가가 부른 노래 아니야?"

"맞아. 걔가 전국가요자랑에서 부른 거야."

김딴딴은 의심스러운 눈으로 나를 살폈다. 그러고는 잠시 고민하다가 조언을 건넸다.

"뭐, 발성이라든가, 타고난 목소리는 새롬이 네가 더 좋아."

"그건 나도 알아. 당연한 거 말하지 말고."

"근데 트로트에서 가장 중요한 게 빠졌는데?"

김딴딴의 평에 기분이 언짢아졌다. 발성이 좋고, 목소리가 좋으면 된 거 아니야? '가장 중요한' 건 도대체 뭐야. 김딴딴은 연이어 조언했다.

"그 뭐라고 해야 하나. 삶의 애환을 녹여 내는 트로트만의 뽕끼? 그런 게 없어."

나는 김딴딴을 째려보았다.

"삶의 애환이 다 뭐고 뽕끼는 다 뭔데. 노래는 잘 부르면 되는 거잖아! 근사하게 부르면 그만 아니야?"

김딴딴은 목을 가다듬기 시작했다.

"자, 들어 봐. 나는 트로트도 곧잘 부르니까."

김딴딴은 내가 불렀던 노래를 부르기 시작했다.

그러자, 이상한 일이 벌어졌다.

내 눈앞으로 고단한 몸을 이끌고 퇴근하는 사람이 보였다. 그건 이 노래에 나오는 '아버지'였다. 공부에 밤잠을 못 이루는 사람도 생각났다. 그건 학원을 전전한다고 맨날 투덜거리는 설윤이의 얼굴이다.

그래. 이건 때로 고민하고 좌절하지만 그래도 사랑을 노래하겠다는 가사였지. 문득 그런 생각이 들었다. 가사 속에 담긴 사람들의 삶의 모습을 떠올리며 노래해야겠다는 생각이. 머릿속 떠오르는 그림과 함께 노래의 의미가 아까와는 다르게 다가왔다.

노래가 끝나고 나는 폭죽처럼 박수를 터뜨렸다.

짝. 짝. 짝짝. 짝짝짝.

의기양양한 표정을 짓는 김딴딴에게 말했다.

"이게 트로트구나? 삶의 애환이란 것까진 너무 어렵지만 네가 말한 게 무슨 의미인지 약간은 짐작할 수 있겠어."

"그래. 트로트를 부를 거면 진지하게 고민해서 불러야지."

나는 트로트가 조금 부르고 싶어졌다. 당분간 트로트를 연

습해도 좋겠다는 생각까지 들었다. 부모님 때문이 아니라, 오디션 때문이 아니라, 트로트가 새삼 재미있게 느껴져서.

　그때 핸드폰 진동이 울렸다. 화면에 뜬 문자 메시지의 주인공은 다름 아닌 연수호 사장님이었다.

새롬아, 밤늦은 시간에 급하게 문자를 보내서 미안하구나. 어머님께 먼저 연락 남겨 놓기는 했는데, KTBC에서 하는 트로트 오디션에 나갈 생각은 없니? 우승하면 한미 양국에서 동시에 앨범을 낼 수 있는데 네가 참가하면 좋겠다는 제안이 왔어. 오디션 날짜가 얼마 남지 않아 급히 연락하게 되었구나. 생각해 보고 연락 주렴.

　KTBC에서 하는 트로트 오디션 프로그램. 나는 이 방송이 무슨 방송인지 바로 알 수 있었다. 양민서가 말한 오디션이 바로 이 방송이겠지.

　침을 꿀꺽 삼켰다.

6. 양민새의 눈물

다음 날, 학교가 끝나자마자 회사에 갔다.

그래, 프로그램에 참여하기로 했다. 빠르지만 여러모로 고민하고 내린 결정이었다. 우선 회사를 나가고 싶지 않았다. 우희 언니와 쭉 같은 소속사이고 싶다. 때마침 트로트의 재미를 느끼기도 했다. 어쩐지 이번이 기회라는 생각이 들었다. 무엇보다 오디션 시작이 다음주, 망설일 시간이 없었다.

이제부터는 드림픽션에 참가할 때랑 똑같이 연습할 거다. 내 목표는 우승이니까.

그런데 회사에서 믿기지 않는 소식을 듣고 말았다.

"이제부터 연습실은 민서랑 같이 쓰면 된다. 양민서 알지? 너랑 같은 학교 친구라던데?"

나는 사장님을 노려보다가 반쯤 비명에 가까운 목소리로 따졌다.

"아니, 왜 제 연습실을 양민서랑 같이 써야 하는데요!?"

"우리 회사 방침 몰라? '데뷔조만 연습실을 단독으로 쓸 수 있다.' 어쨌거나 새롬이 네가 이제 아이돌 데뷔조는 아니잖니. 오디션 참가가 중요하긴 해도, 회사 규칙을 따라야지."

나는 황당함에 말문이 막혔다. 사장님은 정말 아무것도 몰라서 이러는 걸까.

"사장님, 그 연습실은 귀신 나온다고 아무도 안 쓰던 연습실이에요. 그래서 저 혼자 쓰기 시작한 거 아니었어요? 저 데뷔조하기 한참 전부터 거기 혼자 썼어요. 근데 왜 이제 와서 남의 기획사 애랑 연습실을 같이 써야 해요? 제가 드림픽션 떨어졌다고 이러시는 거예요?"

사장님은 크게 헛기침만 하더니, 내 시선을 슬금슬금 피하며 말을 돌렸다.

"학교 친구라던데 왜 이렇게 야박하게 구니. 우리 회사랑 민서 회사랑 협력하기로 했다. 오디션 끝날 때까지는 우리가 민서

서포트하기로."

"아니, 그거랑 제 연습실이 무슨 상관이냐고요."

"언니들이랑 연습실 쓰는 것보다 친구랑 쓰는 게 훨씬 낫잖아. 무엇보다 회사에 연습실이 없다. 드림픽션도 미국 가기 전에 연습해야 하잖니. 무대 준비하려면 연습실 계속 써야 해."

사장님을 노려봤다. 말이 안 통한다. 결국 데뷔 못 한 게 죄야. 데뷔조 한참 전부터 혼자 쓰던 연습실을 이제 와서 같이 나누어 쓰라고? 나는 대답도 안 하고 사장실을 그냥 빠져나왔다. 한데, 방 바깥엔 양민서가 기다리고 있었다.

그 애는 새초롬한 표정으로 이렇게만 말했다.

"미안해."

도대체 뭐가 미안하고, 무슨 사정이 있는 걸까. 이렇다, 저렇다 말도 안 하는 양민서의 묵묵함이 짜증 났다.

"아니, 네가 미안할 건 아니지. 근데 친한 척은 하지 말아 줄래? 내 친구라고 말했다며. 아 맞다, 친구는 맞네. 이별 친구."

민서는 입을 다문 채 아무 말도 하지 않았다. 그 애를 무시한 채 복도로 걸어갔다. 도무지 화가 풀리지 않았다. 그래도 최대한 좋게 생각해 보려고 했다. 그래, 본인도 질투 나겠지. 힘들겠지. 그리고 양민서가 대놓고 나를 욕한 건 아니니까. 친구들이 욕하는 걸 양민서가 말리기 힘들 수도 있으니까. 아니, 근데 이제 내 연습실을 뺏어 가? 나는 열받아서 복도를 쾅쾅 걸었다.

그때, 잔뜩 화난 나한테 김딴딴이 말을 걸었다.

"백새롬, 이렇게 하는 건 어때?"

김딴딴의 제안을 조용히 들었다. 솔깃하긴 했지만 어쩐지 꺼림칙한 제안이었다. 그렇게까지 해야 하나 싶은 못된 제안.

"그렇게까지 해야 해? 나쁜 장난은 안 치기로 했잖아."

김딴딴은 가끔 너무 짓궂다. 하지만 김딴딴에게 내 의견은 중요하지 않았다.

"오케이! 백새롬! 그렇게 하는 걸로!"

김딴딴은 내 대답을 듣지도 않고 사라져 버렸다. 에이, 나도 몰라. 어차피 김딴딴은 제멋대로 굴 거다.

나는 민서가 연습하는 시간에 몰래 회사에 들어갔다. 아무래도 걱정이 되긴 했다. 민서는 아무것도 모른 채 연습실에 있었다. 밤 9시가 넘었는데 말이다. 하필이면 김딴딴의 힘이 강해지는 시각이다.

김딴딴은 어느새 양민서 옆에 서 있었다. 나는 연습실 밖 복도에서 그 모습을 지켜봤다. 김딴딴은 웃으면서 민서의 노래를 따라 부르기 시작했다.

"산다는 게 다 그런 거지~"

"산다는 게 다 그런 거야~"

민서가 흠칫 놀랐다. 혼자 있는 연습실에서 다른 누군가의 목소리가 들렸으니까.

"뭐, 뭐, 뭐야!"

민서는 표정이 하얗게 질린 채 잠시 멈칫하더니 다시 노래를 부르기 시작했다. 바로 도망갈 줄 알았는데 의외로 대담하다.

"사, 사, 사, 산다는 건 다 그런 거지."

민서는 더듬더듬 노래를 이어 갔다. 그러나 김딴딴은 장난에 본격적으로 재미가 들린 모양이었다.

"사! 사! 사! 산다는 건 다 그런 거다!"

"꺄, 꺄꺄아악! 뭐, 뭐야! 누구야!!!"

드디어 김딴딴의 존재를 눈치챈 모양이었다. 민서는 몸을 부들부들 떨면서 짐을 쌌다. 너튜브 영상을 2배속으로 돌린 듯한 속도였다. 나는 연습실을 나오는 민서를 가로막았다.

"뭐야, 양민서 연습 끝났어? 이제 나 써도 돼?"

"이, 이, 이런 연습실 너나 써!"

나는 민서의 얼굴을 물끄러미 쳐다봤다. 어쩐지 조금 미안해지고 말았다. 그 애의 눈가에 눈물이 고여 있었으니까. 역시 너무했나.

뭐, 사실 너무한 건 내가 아니라 김딴딴이지만.

"아, 오랜만에 하니까 너무 재미있다!"

나는 민서의 눈물이 계속 신경 쓰였다. 저 애도 그냥 열심히 노래를 부르는 건데. 이 오디션에 나가고 싶은 이유가 있을 텐데. 간절할 텐데.

회사를 빠져나가는 뒷모습을 끝까지 쳐다볼 수밖에 없었다.

7. 지하 연습실의 귀신

김딴딴을 처음 만난 건 3년 전의 일이다.

나는 3학년 때 처음 YSH에 연습생으로 들어왔다. 회사 전체를 통틀어 내가 막내였다. 그때까지만 해도 나를 괴롭히던 언니가 많았다.

"새롬아, 지하 맨 끝에 있는 연습실은 너 혼자 독차지하고 쓸 수 있다. 가서 쓸래?"

그런 얘기를 한 언니가 누구였는지 기억도 잘 안 난다. 왜냐면 그 언니는 얼마 안 가 기획사에서 방출당했으니까. 기억나는 건 우희 언니가 그 언니를 말렸다는 사실뿐이다.

"야, 너 새롬이한테 왜 그래?"

"뭐, 진짜 정우희 또 난리 피우네. 혼자 연습할 수 있는 공간 알려 주는데 왜?"

"거기, 귀신 나온다고 소문난 곳이잖아!"

그렇게 두 사람은 다투기 시작했다. 우희 언니의 말에 따르면 그곳에서 연습할 때마다 귀신 목소리가 들렸다고 한다. 어떻게 그런 곳에서 혼자 연습하라고 하냐며 우희 언니는 성질을 냈다. 얼굴도 기억 안 나는 그 언니는 자신은 몰랐다며 발뺌했다.

두 사람의 다툼을 보다가 나는 씩 웃음을 지었다. 귀신이 나오는 연습실이라니. 그게 뭐 어떻다고.

"우와! 언니들, 저 귀신 진짜 좋아해요!"

그 한마디만 남기고 연습실을 향해 달려갔다. 날 놀리려고 했던 언니가 황당한 표정을 짓는 게 웃겼다.

그리고 그 연습실 구석에 김딴딴이 앉아 있었다. 내가 문을 열자, 그 애가 씩 웃음을 지었다. 김딴딴이 귀신이란 사실을 알아채는 건 어렵지 않았다. 뭐, 내가 영력이 뛰어난 것도 있지만 김딴딴은 누가 봐도 귀신이었으니까.

머리는 산발인 데다가 온몸이 흠뻑 물에 젖어 있었다. 치마에 그려진 빗방울 무늬엔 검게 얼룩까지 져 있었다. 무엇보다 바닥에서 발이 조금 떨어져 있었다. 내가 귀신을 만난 게 처음이었다면 제법 놀랐을 거다.

김딴딴이 나를 향해 천천히 다가왔다. 분명히 날 놀리려는 속셈이었다. 아마도 내 눈에 자신이 안 보인다고 생각한 거겠지. 김딴딴이 내 눈앞까지 바짝 얼굴을 가까이 붙였을 때, 나는 큰 소리로 고함을 질렀다.

"우왁!!!!!"

김딴딴이 놀라 뒤로 자빠졌다. 그 모습이 우스웠다. 나는 김딴딴을 향해 천천히 걸어갔다. 영력을 끌어올리면서.

"이봐, 사람 놀리고 다니면 재밌니? 아무 힘 없는 언니들 괴롭히니까 신나고 재밌었지?"

김딴딴은 내 영력에 짓눌려 꼼짝도 하지 못했다. 그저 당황한 표정으로 눈만 끔벅거렸다.

"뭐, 뭐, 뭐야. 너."

"뭐긴 뭐야. 너 같은 귀신 놀리는 재미로 사는 초등학생이다."

"너 저승사자야? 무슨 힘이 이렇게 세?"

"저승사자는 아니고 이 힘은 엄마한테 물려받은 거야. 할 말은 그게 다야?"

김딴딴이 갑자기 자세를 고쳐 앉았다. 그러고는 내게 팔을 뻗으며 소리를 질렀다.

"너, 너, 내가 보이면 제발 나를 도와줘. 그렇게 힘이 세면 날 도울 수 있지?"

"뭘 도와달라는 건데? 내가 왜 널 도와야 해?"

"제발 좀 도와줘. 왜인지는 몰라도 이 연습실 밖으로 나갈 수가 없어. 몇 년이나 여기에 갇혀 있었는지 모르겠어. 제발 나 좀 내보내 줘."

나는 녀석을 물끄러미 쳐다봤다. 그 말은 김딴딴이 지박령이란 얘기다. 그래, 특정한 장소나 공간에서 발이 묶여 떠나지 못하는 불쌍한 귀신 말이다. 이 애는 연습실에 꽁꽁 갇힌 채 나가지 못하고 있던 것이다.

그런 귀신을 본 게 처음은 아니었다. 기억도 잃은 채 한 장소를 떠도는 귀신도 있으니까. 거의 감옥에 갇힌 셈이다. 세상에서 제일 불쌍한 귀신이었다.

하지만 그렇다고 연습생을 괴롭혀도 되는 건 아니잖아. 녀석을 돕기 전에 먼저, 단단히 타일러야겠다는 생각이 들었다. 그냥 순순히 풀어주고 싶진 않았다. 나는 김딴딴에게 물었다.

"내가 너 도와주면 넌 나한테 뭘 도와줄 수 있는데? 앞으로도 그렇게 사람들 괴롭히고 살 거야?"

"아니야. 절대 안 그럴게! 이젠 다시 사람들 안 놀릴게! 그리고 나 노래 엄청 잘 불러. 여기서 연습생들이랑 얼마나 오래 지

냈는데! 이 회사 최고 오래된 연습생이라고! 힙합, 댄스, 트로트 다 가능해! 그리고 춤도 진짜 잘 춰. 너 연습생이지? 데뷔할 때까지 내가 도와줄게!"

녀석의 반응은 의외였다. 원래부터 꺼내 줄 생각이었는데 연습까지 도와준다니. 나한텐 나쁠 게 없는 얘기였다.

천천히 몸에 힘을 끌어 올렸다. 발끝에서부터 힘이 솟았다. 그리고 손을 내밀었다.

"잡아. 여기서 꺼내 줄게."

그 애가 어리둥절한 얼굴로 내 손을 잡았다. 서로의 손이 맞닿자, 녀석의 모습이 변했다. 온몸을 흠뻑 적시던 물이 단숨에 말라 버렸다. 치마의 얼룩도 푸른 빗방울 무늬로 변했다. 제법 멋이 났다.

녀석이 나를 갑자기 끌어안았다.

"뭐야, 너 진짜 좋은 친구였잖아! 완전 온몸에 힘이 남아돌아! 이제 연습실을 나갈 수 있겠어!"

김딴딴이 나를 친구로 부른 첫 번째 날이었다.

그 뒤로 우리는 가장 절친한 사이가 되었다. 그게 무려 3년 전의 일이다.

경연 전 솔직 토크! 참가자 인터뷰

양민서(12)
트로트 신동

이번 기회에 객관적인 평가를 받아 보고 싶어요. 그래서 증명하고 싶습니다.

경연 전 솔직 토크! 참가자 인터뷰

백새롬(12)
YSH 연습생

4년차 연습생의 내공을 보여 드릴게요.

3부. 쩐쨍, 그리고···

8. 처음으로 든 생각

민서를 내보내고 연습실을 독차지한 지 보름 넘게 지났다. 그동안 나는 김딴딴과 함께 트로트 특별 훈련을 했다. 혼자 쓰는 연습실이 편하긴 편하다. 삶의 애환, 뽕끼라는 게 무엇인지 아직 감은 잘 안 오지만 말이다.

물론, 고민은 그것만 있는 게 아니었다. 아이돌 발성과 트로트 발성은 아예 달랐다. 어떤 호흡에 힘을 줘야 하는지, 어떤 부분에 포인트를 주는 게 좋은지 알 수가 없었다. 이것저것 다 신경 쓰다 보니 하나도 못 챙기는 느낌이 자꾸 들었다. 매일 연습하지만 점점 초조해졌다.

그리고 오늘은 드디어 '트롯 전쟁'의 첫 촬영 날. 담임 선생님에게 얘기하고 조퇴하기로 했다.

하지만 문제가 하나 있었다. 우리 학교엔 트롯 전쟁에 참가하는 애가 한 명 더 있다는 거다. 나는 양민서랑 어색하게 복도를 걸어갔다. 그 애는 멀찌감치 뒤에서 따라왔다. 오늘은 또 왜 저러는 걸까. 무시했다. 더는 재랑 싸우고 싶지도 않다. 지금 신경써야 할 게 얼마나 많은데.

따로 가고 싶었지만, 선생님들은 굳이 양민서와 날 같이 조퇴시켰다. 교무실에서 우리 담임 선생님한테 조퇴 허락을 받는 중에, 민서네 반 선생님이 끼어들어 같이 가라고 했다.

"친구끼리 같이 가면 좋잖니!"

어른들은 가끔 참 눈치가 없다. 같은 꿈을 꾼다고 다 친구는 아니다. 오히려 같은 꿈을 꾼다는 사실 때문에 사이가 안 좋을 수 있다고.

못마땅한 표정으로 떨어져 가는데, 갑자기 양민서가 내 등 뒤에 가깝게 따라붙었다. 어찌나 빨리 걷는지 달려오는 줄 알았다. 깜짝 놀라 소리를 질렀다.

"악! 뭐야. 왜 갑자기 따라붙어. 양민서, 대체 왜 그러는데!?"

민서의 조용한 목소리가 내 귀에 속삭였다.

"너, 샜다."

흠칫 놀라서 치마를 만졌다. 하필이면 첫 촬영이 생리랑 겹쳤다. 신경 쓴 날에 오히려 이러더라. 양민서가 갑자기 가방을 막 뒤졌다.

"백새롬, 잠깐만."

민서가 꺼내 든 건 다름 아닌 담요였다. 고양이 캐릭터가 그려진 이불이 불쑥 내 치마에 둘러졌다.

아씨, 오늘따라 엉망진창이다. 나는 화장실로 달려갔다. 다행인 건 여분의 트레이닝 바지가 있었다는 것이다. 촬영 전에 연습하려고 따로 챙겨 온 건 정말 잘한 일이었다.

화장실에서 나오면서까지 나는 계속 툴툴거렸다. 기분이 좋을 리가 없었다. 근데 복도에 양민서는 멀뚱멀뚱 서서 날 기다리고 있었다. 조금 쑥스러운 기분이 되고 말았다. 이 애가 나를 기다려 줄 거라곤 생각하지 못했기 때문이다.

"고맙다, 양민서."

퉁명스러운 목소리가 내 입에서 튀어나왔고 그 목소리에 내가 놀라 버렸다. 근데 민서는 내 말투 따위는 신경 쓰지 않는 듯했다. 하긴, 얘는 원래 이렇다. 원체 남 신경 잘 안 쓰는 아이다. 묵묵함. 그건 장점일까, 단점일까.

문득 보름 전 민서의 눈물이 떠올랐다. 그사이 나는 편안하게 연습했는데, 도대체 이 애는 어디서 연습했을까.

"너 연습은 어디서 하고 있어? 너희 회사 연습실에서?"

민서가 작은 목소리로 답했다.

"그냥 뭐 여기저기서 연습하고 있어."

예상했던 답이 그 애의 입에서 흘러나왔다. 여기저기라니. 하기야, 자기네 기획사 연습실도 있을 것이고, 우리 회사도 가끔 빈 연습실이 생기니까.

더 이상 양민서에게 무언가를 묻지 않았다. 우리가 친한 것도 아닌 데다, 계속 짧게 대답하는데 더 물어보기도 어색했다. 오디션장에 가는 내내 민서의 옆얼굴을 괜히 힐끔거리게 됐다.

이제까지 이 아이가 참 싫었다. 조용한 얼굴로 무슨 생각을 하는지 도무지 모르겠으니까. 하지만 오늘은 그런 생각이 든다. 민서의 머릿속에 든 생각이 그렇게 나쁜 생각은 아닐 거라는. 고양이가 그려진 담요를 나도 모르게 계속 매만지게 됐다. 근데 이거 어떻게 돌려줘야 하나. 빨아서 주면 되는 건가. 언제쯤 돌려주면 되는 거지. 그냥 물어보면 될 텐데 혼자 속으로 생각만 했다. 별거 아닌 일인데 왜 이렇게 민망한지.

처음으로, 양민서와 친해져도 좋지 않을까 하는 생각이 들기 시작했다.

9. 트롤 전쟁의 시작!

　오랜만에 간 방송국은 변함없이 떨렸다. 대기실이 무대보다 더 긴장되는 것도 똑같았다. 하지만 다른 게 하나 있었다. 민서랑 같은 대기실을 쓴다는 점이다. 그런데 그건 좋은 일일까. 나쁜 일일까.

　물론, 첫 촬영에 첫 라운드라 민서랑 나 외에도 수많은 참가자가 대기실을 함께 쓰기는 했다. 나 혼자 창백한 조명 밑에 있던 때랑은 달랐다. 사람들의 숨소리로 가득한 방 안. 불편하지 않다면 거짓말이지만 그래도 누군가랑 함께 있단 사실은 마음에 늘었다.

대기실 한편에 있는 모니터에 다른 참가자의 무대가 나오고 있었다. 심사위원 여덟 명 중 다섯 명 이상의 찬성표를 얻어야 다음 라운드에 진출할 수 있었다.

다들 무척 떨리는지 서로에게 말도 안 걸었다. 대화하는 유일한 시간은 카메라가 들어올 때뿐이다.

"우와. 예쁘다! 잘생겼다!"

"대박!"

"이야! 짱이다! 끝내준다!!!!"

다들 속이 뻔히 보인다니까. 카메라가 들어오면 그제야 서로에게 관심 있는 척을 한다. 방송 분량을 확보하고 싶은 거겠지. 나는 옆에 앉은 민서에게 어색하게 말을 걸었다. 오늘은 왠지 그러고 싶었다. 말을 걸고 싶은 사람이 민서밖에 없었다.

"민서야, 저 사람 진짜 잘 부르지 않아?"

생각해 보니 내가 먼저 말을 건 건 처음이었다. 그 생각을 하니 무대에서보다 더 쑥스러운 기분이 들었다. 근데 생각 외로 민서는 큰 목소리로 호응했다.

"그러게. 여기 다 실력자만 모였다!"

민서의 눈은 반짝거렸다. 그러고 보니 민서는 이렇게 큰 방송국에 온 게 처음이겠구나. 그런데 카메라는 우리 두 사람을 집요하게 찍었다. 나는 그 시선이 거슬렸다. 방송에 우리 두 사람의 모습이 어떻게 나갈지 신경 쓰였다. 나이가 비슷하면 분명 라이벌이니 뭐니 엮으려고 들 텐데. 그러면 팬들은 또 싸울 텐데. 생각만 해도 피곤했다.

얼마 지나지 않아 민서와 내 차례가 돌아왔다. 우리는 아예 한 세트로 묶였나 보다. 민서는 내 앞 순번이었다.

나는 무대 뒤에서 그 애의 노래에 귀 기울였다. 민서는 차분하게 자신의 무대를 잘 해냈다. 트로트를 오래 부른 경력이 어디 가지 않았다. 구수한 노랫가락과 함께 심사위원들의 표가 하나씩 쏟아졌다.

찬성.

찬성. 찬성. 찬성.

찬성. 찬성. 찬성. 찬성.

불이 들어올 때마다 내 눈이 환해졌다. 사회자의 들뜬 목소리가 방송국 전체에 울려 퍼졌다.

"양민서 참가자! 여덟 표를 받아 올패스입니다! 심사위원 전원이 찬성을 눌렀습니다!"

나도 모르게 환호성을 질렀다. 목젖이 보이도록 소리를 지르고 말았다. 그 모습을 멀지 않은 곳에서 카메라가 찍고 있었다. 카메라의 빨간 불빛과 눈이 마주쳤다. 카메라 감독님이 웃고 있었다. 아이고, 못생긴 사진이 인터넷에 한 장 더 늘어나겠네. 솔직한 건 방송에서 도움이 안 되는데.

심호흡하며 눈을 감았다. 이제 곧 내 차례다. 트로트는 진심을 담는 것. 노래 부르는 기술 이전의 무언가. 그 얘기는 김딴딴이 내게 계속 강조하던 거다. 사실 아직도 트로트가 무엇인지 모르겠다. 노래는 잘 부르면 되는 거 아닌가. 진심을 담는다는 게 도대체 뭐란 말이야. 발성, 진심, 애환, 목소리, 무대 매너, 신경 써야 할 게 너무나도 많았다.

그때, 갑자기 김딴딴이 내 눈앞에 나타났다. 산발한 머리가 나의 앞길을 막아섰다.

"야, 갑자기 왜 재랑 친하게 지내려고 해? 양민서인지 뭔지 왜 괜히 말은 걸고 있냐고? 아까는 무대 뒤에서 응원도 하더라?"

"야, 김딴딴. 내가 응원을 하든, 말을 걸든 왜 괜히 시비야. 친해질 수도 있고, 멀어질 수도 있는 거지."

"아니, 어이가 없잖아. 같이 연습실 쓰는 거 싫다고 내쫓아 달라고 할 때는 언제고!"

황당했다. 내가 언제 민서를 쫓아 달라고 부탁했다는 거야. 내 말은 듣지도 않고 고약한 장난을 친 건 김딴딴이었다. 분명 나는 그 애를 처음 만났을 때 다시는 그런 장난을 치지 말라고 단단히 타일렀는데 말이다. 김딴딴은 갑자기 억지까지 부렸다.

"백새롬 넌 어차피 나 없으면 안 돼. 저런 애랑 놀면 괜히 너까지 우승 못 해. 재랑 절교해."

김딴딴의 억지에 화가 났다. 나 없으면 안 된다니. 절교하라니. 아무리 귀신이어도 말이 너무 심한 거 아니야?

"야, 김딴딴. 너야말로 나 없으면 안 돼. 네가 내 힘으로 연습실 탈출한 건 새까맣게 까먹었나 보지? 그리고 그때 나랑 한 약속도? 너 분명 사람 괜히 괴롭히지 않겠다고 했지?"

김딴딴은 뾰로통한 표정으로 나에게 물었다.

"재랑 놀다가 나랑 연습은 언제 할 건데? 넌 나 없으면 안 된다니까?"

걱정하는 건지, 무시하는 건지 알 수가 없었다. 도대체 왜 갑자기 심통이야. 자기가 없으면 안 된다는 말을 두 번이나 들으니, 화가 치솟고 말았다.

"야, 너도 이제 떠날 준비나 해. 귀신이 세상에 오래 있으면 안 된다잖아. 옛날에 우리 엄마가 얘기했던 거 기억 안 나?"

"나라고 저승 안 가고 싶어서 안 가? 가는 법을 알아야 갈 거 아니야!"

"원한이 풀리면 저세상 갈 수 있다고 우리 엄마가 그랬잖아."

"생전의 기억이 하나도 안 나는데 어떻게 원한이 풀리냐고!"

나는 녀석을 물끄러미 쳐다봤다. 이 녀석이 나에게 이렇게까지 매달리는 이유를 사실 나는 어느 정도 알고 있다. 하지만 그걸 내가 영원히 이루어 줄 순 없었다.

"김딴딴."

"왜."

"내가 평생 너랑만 놀 수는 없어. 나도 새로운 친구를 만들수도 있고, 혼자 연습도 해야 해. 네가 나 대신 노래를 불러 주고, 평생 뒤를 따라다니는 건 말도 안 되잖아."

"지금 새롬이 네가 나랑 안 놀아 줘서 내가 삐졌다고 생각해?"

김딴딴의 말에 조용히 고개를 끄덕거렸다. 사실 아닌가. 김딴딴은 나한테 집착이 좀 심하다. 내 주변엔 왜 이런 친구만 모이는 걸까. 설윤이도. 김딴딴도. 왜 나를 못 잡아먹어서 안달일까.

김딴딴은 나를 매서운 눈으로 노려봤다. 사람들은 알까. 귀신도 이렇게 잘 토라진다는 걸. 하지만 곧 무대를 시작해야 해서 달래 줄 시간이 없었다.

"나 무대 갈 거야."

그러자 김딴딴은 아무 말 없이 휙 사라져 버렸다. 오늘은 오랜만에 크게 싸웠다. 아, 몰라. 쟤는 어떻게 이 중요한 무대 직전에 저러는 건지 이해가 안 가.

첫 촬영은 무사히 끝났다. 결과는 어떻게 됐냐고? 나도 여섯 표로 통과했다. 민서처럼 올패스가 아니라 아쉽지만, 통과했다는 게 중요한 거지.

민서는 이런 평을 들었다.

"트로트 경력이 묻어 나오는 노련한 무대였습니다. 자신만의 뽕끼를 가져가는 멋진 모습과 무대 매너가 돋보였어요."

"아주 경력자예요! 경력자!"

모든 심사위원이 민서를 극찬했다. 반면에, 나는 이런 심사평을 들었다.

"기본기는 의심할 여지가 없습니다. 경험도 많아서 무대를 즐긴다는 생각이 들었습니다. 하지만 이제 트로트에 갓 입문한 초보자 티가 납니다. 더 공부하고, 정진하면 아주 훌륭한 트로트 가수가 될 것입니다."

"원석입니다! 하지만 더 갈고, 닦아야 해요!"

심사위원의 평은 정확했다. 심지어 무대 중간엔 연습했던 트로트 발성이 안 나오기도 했으니까. 당황하니 원래 부르던 발성대로 부르고 말았다.

그래도 좋은 날이다. 이렇게 합격했잖아.

방송이 끝난 후 나는 민서의 손을 잡아끌었다.

"오늘은 회사에서 같이 연습할래? 함께 노래 들어 주고 같이

피드백해 주면 좋잖아."

나도 꽤나 큰 용기를 낸 제안이었다. 거절당할까 걱정했는데 민서는 말없이 고개만 끄덕거렸다. 오늘은 그 애의 침묵이 상냥함으로 느껴졌다.

우리는 촬영이 끝나자마자 회사로 바로 달려왔다. 다음 라운드부터가 본격적인 시작이다.

그런데, 회사에 들어가자마자 엄청난 환호성이 들려왔다.

"드림픽션 빌보드 1위랍니다!"

"우와와와왁!!!!!"

"세계 1등이다!! 세계 1등!!!"

회사 로비 한편엔 대형 스크린이 있다. 그 스크린에 드림픽션의 무대가 나오고 있었다. 한데, 그 무대가 송출되는 건 음악 방송이 아니라 9시 뉴스였다.

앵커는 잔뜩 흥분된 목소리였다.

"드림픽션이 빌보드 1위를 차지하는 쾌거를 달성했습니다! 우리나라 가수 중 데뷔 이후 최단 기간에 빌보드 1위를 차지한 아이돌입니다!"

나는 멍하니 그 모습을 바라봤다. 회사 사람들은 모두 난리가 났다. 이 시간까지 퇴근도 못 하면서 뭐가 그렇게 기쁜 걸까.

"최단 기간이래요! 최단 기간!!"

"우리가 빌보드 1위예요! 빌보드 1위!"

이상하다. 나도 YSH의 일원인데 어쩐지 오늘은 아닌 것 같다. 아무도 내가 회사에 왔단 사실은 신경도 쓰지 않는다. 나도 오늘 좋은 일이 있었는데. 오디션을 무사히 통과했는데. 사람들이 말하는 '우리'에 난 없는 기분이다.

내 곁에 서 있던 우희 언니는 미국의 거대한 공연장 무대에 서 있다. 몇 명인지 헤아릴 수도 없는 많은 사람이 언니를 보고 있었다. 언니는 감격스러운 표정으로 울먹거렸다.

가만히 멈춰서 그 장면을 쳐다봤다. 그리고 그때, 민서가 아무 말 없이 내게 다가섰다. 그 애 나름의 위로겠지. 민서가 쭈뼛거리며 다가오는 모습이 싫지만은 않았다.

하지만 나는 민서의 위로를 거절했다. 내가 왜 위로를 받아야 해. 내가 가장 사랑하는 우희 언니의 좋은 날인데. 안 그런가. 씩 웃으면서 민서에게 말했다.

"와! 부럽다! 대단하다! 우리 언니들 짱이다!"

민서가 놀란 표정을 지었다. 난 그 애의 손을 꽉 잡았다. 그리고 일부러 더 밝게 외쳤다.

"다 우리 언니들이다! 너무 좋다. 우리도 저렇게 될 수 있어! 어서 연습하러 가자!"

나는 민서를 데리고 엘리베이터로 갔다. 근데 우리 등 뒤로

다가오는 사람이 있었다. 바로 연수호 사장님이었다.

"이야, 둘이 언제 그렇게 친해진 거니! 정말 보기 좋구나! 앞으로도 쭉 그러렴. 너무 좋다. 정말 좋아!"

사장님은 이상할 정도로 과하게 칭찬했다. 서로 잘 지내는 게 이렇게까지 칭찬받아야 하는 일인가. 참 이상한 사장님이다. 드림픽션 언니들 때문에 기분이 좋은 모양이다.

10. 같이 연습하끼!

    트롯 전쟁은 계속 진행됐다. 이제 2라운드를 끝마쳤다. 이번 라운드는 일대일 대결을 펼쳐서 한 사람이 무조건 떨어지는 라운드였다. 조마조마했다. 특히 민서와 맞붙게 된다면 우리 둘 중 한 명은 반드시 탈락이었으니까.

    다행히 우리는 각자 다른 참가자와 대결했다. 민서는 노련하고 탄탄한 무대를 펼쳤다면서 극찬받았다. 그리고 나는 '재능이 물이 오르는 중'이라는 평을 받았다. 그렇게 우리는 무사히 3라운드에 진출했다.

2라운드가 끝난 저녁, 나는 대왕 공원을 향했다. 내 옆엔 김딴딴도 함께 있었다. 입이 삐죽 나온 채 투덜대기 시작했다.

"어쭈, 백새롬. 진짜 내가 필요할 때만 날 부르지?"

"너도 대왕 공원 가고 싶다며."

"막상 가자고, 가자고 할 때는 듣지도 않았잖아. 최근엔 나보다 양민서인가 뭐랑 더 붙어 있는 것 같은데? 오늘도 걔랑 연습하지 그래?"

"민서 가지고 그만 얘기해! 오늘은 너랑도 연습하면 좋을 것 같아서 여기 같이 온 거잖아! 번갈아서 노는 거지. 그거 가지고 왜 그러는데? 내가 어떻게 너랑만 놀아?"

김딴딴은 갑자기 걸음을 멈춰 서더니 상심한 표정으로 나에게 시무룩하게 말했다.

"그래. 넌 살아 있는 사람이니까. 나 말고도 친구가 생길 거니까. 아니, 이미 나 말고도 친구가 많으니까."

"친구 안 많아."

"그게 중요해? 나는 말이야, 귀신이라서 너 말고는 놀 사람이 없어."

"그러면 같은 귀신이랑 놀아. 대왕 공원에도 귀신 많잖아."

김딴딴은 입을 다물었다. 잠시 침묵하던 그 애가 나지막이 대답했다.

"귀신 무서워."

헛웃음이 터졌다. 지금 귀신이 귀신보고 무섭다고 하는 건가. 이럴 때 김딴딴은 조금 귀여웠다. 너무 어처구니없어서.

"아니, 귀신이 왜 귀신을 무서워해?"

"너는 나처럼 착한 귀신 친구가 있으니까 모르겠지. 하지만 귀신 중엔 엄청 나쁜 귀신도 있다고. 악령 몰라? 악령?"

세상엔 소위 '악령'이라고 부르는 아주 질이 나쁜 귀신도 있다. 사람의 몸을 뺏으려 하고, 공격하는 귀신들. 나라고 그런 악령을 모르는 것은 아니다. 하지만 김딴딴은 귀신인데 왜 악령을 무서워할까.

"걔네를 보고 있으면 나도 그렇게 될 것 같으니까. 나도 곧 그렇게 나쁜 귀신으로 변해 버릴 것 같으니까."

김딴딴은 진지하게 겁에 질린 표정이었다. 나는 그 애의 어깨를 토닥이며 달랬다.

"아니, 네가 왜 나쁜 귀신으로 변하는데."

"오랫동안 사람들을 놀라게 하고 괴롭혔는데 내가 착한 귀신이야? 내가 어쩌다 귀신이 됐는지 전혀 기억도 안 나는데!"

김딴딴의 얼굴색이 눈에 띄게 어두워졌다. 귀신도 자신이 그렇게 나쁜 귀신이 될까 봐 걱정할 순 있겠구나.

그런데 우리가 대화하던 그때, 김딴딴 곁에서 한 사람이 튀어

나왔다. 어찌나 갑자기 나타났는지 악령이라고 생각할 뻔했다.

"뭐, 뭐야."

그 애는 염라우였다. 갑자기 나타난 녀석은 묘한 갈색 눈동자로 내 쪽을 노려보았다. 이번에도 손엔 탕후루가 들려 있었다. 김딴딴은 라우가 나타나자 부리나케 어딘가로 달아나 버렸다.

나는 염라우를 향해 다가갔다.

"야, 야, 너 뭐야. 왜 자꾸 공원에 나타나?"

염라우는 나를 물끄러미 쳐다봤다. 갈색의 눈동자가 다시 흑색으로, 푸른색으로, 여러 가지 색으로 다르게 보였다. 내가 본게 진짜였을까, 그냥 느낌일까. 알 수가 없었다.

염라우는 낮은 목소리로 말했다.

"밤길 조심하라니까? 너는 특히."

"바, 바, 밤길은 너도 조심해야지!"

하지만 라우는 내 말에 대답하지 않았다. 자기 할 말만 하고 또 사라져 버렸다. 게다가 라우 때문에 김딴딴도 어디론가 사라져서 보이지 않았다.

에이, 오늘 김딴딴 데리고 연습하려고 했는데 완전 망했다. 오랜만에 김딴딴한테 보컬 레슨도 받고, 춤도 조언받으려고 했는데 말이다. 요즘 회사에선 민서랑 같이 있을 때가 많아서 김딴딴한테 무어라 말을 걸기가 힘들다. 그래서 대왕 공원에 나온 건데. 나는 터벅터벅 공원 중앙으로 갔다. 이렇게 된 거 나 혼자라도 연습하자는 생각이 들었다. 그때, 공원 중앙에서 익숙한 노랫소리가 들렸다. 그 목소리가 들리는 곳으로 조심스럽게 걸어갔다.

한 발짝, 두 발짝, 세 발짝.

내 발걸음 소리에 맞춰 노래 주인공의 눈이 휘둥그레졌다. 그 애가 나를 보며 놀란 목소리로 물었다.

"배, 백새롬, 네가 왜 여기 있어?"

"그건 내가 물어보고 싶은 말인데? 양민서 네가 왜 여기서 노래를 부르고 있어? 연습실 놔두고 왜?"

민서는 고개를 푹 숙였다. 예상하지 못한 답이 민서한테서 흘러나왔다.

"너 없이 혼자 연습실 쓰는 건 무서워서. 그, 그리고 솔직히 조금 눈치도 보여. 내 회사가 아니잖아."

"아니, 그렇다고 이 공원에서 연습을 하는 거야? 그러면 너 내가 회사에 없을 때는 항상 이 공원에서 연습했어? 나랑 사이 안 좋았던 때는? 나랑 같이 연습 안 할 때는 쭉 이 공원에서 연습했던 거야?"

민서는 고개를 끄덕거리더니 내가 뭐라고 하지도 않았는데 변명을 이어 나갔다.

"원래 우리 회사는 되게 작거든. 소속 가수도 나밖에 없고. 얼마 전에 하나밖에 없는 연습실에 물이 샜어. 그래서 이 공원에 온 거야. 여긴 밤이면 아무도 없어서 연습하기 좋거든."

나는 황당함에 말을 이을 수가 없었다. 바보야, 여긴 귀신이 나오니까 아무도 없는 거야. 다행히 널 놀려 먹을 만큼 힘센 귀신이 아직 나타나지 않은 것뿐이고.

이런 말을 민서에게 건넬 순 없었다. 난 꿀 먹은 너구리처럼 가만히 있었다. 민서가 나를 향해 물었다.

"그, 근데 너는 왜 여기 왔어?"

나는 잠시 고민했다. 귀신 친구랑 같이 연습하려고 여기 왔다는 얘기는 할 수 없었다. 그냥 둘러댔다.

"어? 이 공원은 우리 아파트 바로 뒤거든. 그래서 그냥 가끔 혼자 산책 나와."

내가 생각해도 그럴싸한 변명이었다.

"그렇구나."

나는 민서의 얼굴을 빤히 쳐다보다가 이렇게 물었다.

"그러면 물 새기 전엔 회사 연습실을 잘 이용했던 거야? 오디션 참가 전에는?"

"뭐 그렇지. 사실 그냥 아빠가 원래 운영하는 회사 뒤에 딸린 조그만 컨테이너야. 여름엔 덥고, 겨울엔 추운 진짜 그냥 컨테이

너. 부모님이 방음재도 달고, 에어컨도 달고 노력은 많이 해 주셨지만 말이야."

"그런 데서 연습해도 괜찮아? 목도 아프고, 힘들 텐데?"

"모든 기획사의 사정이 YSH처럼 좋은 건 아니야. 부모님이 나 때문에 엄청나게 고생하셔. 엄마는 맨날 같이 차로 행사 다녀 주시고, 컨테이너 연습실은 아빠가 직접 만들어 주신 거야. 내가 여기서 뭘 더 바라겠어. 이미 돈도 많이 나가는데."

민서에게도 민서 나름의 사정이 있었다. 잠시 한숨을 내쉰 민서는 나에게 진심을 토로했다.

"나 네가 부러웠어. 너희 아빠는 대학교 교수님이잖아. 엄마도 교수님이라며? 게다가 너는 우리나라 최고 기획사 소속이잖아. 세계 곳곳에 팬도 있고 말이야. 질투가 나서 너한테 못되게 굴었나 봐. 내 친구들이 너 험담할 때 못 말렸어. 미안해. 근데 너도 나한테 잘못한 거 있어."

"잘못했다고? 어떤 잘못?"

사실 내가 민서에게 잘못한 게 많기는 하다. 나도 가시 돋친 말을 민서에게 쏟아부었으니까 말이다. 근데 민서는 내게 딱 한 가지만 따졌다.

"트로트로 빌보드 가면 대단하겠다고 빈정거렸잖아. 마치 우리나라 사람만 트로트 듣는 것처럼 말이야."

나는 눈만 멀뚱멀뚱 떴다. 무진 고사리 축제로 놀린 것보다 그게 더 상처였다니 솔직히 놀랐다. 민서는 나를 물끄러미 쳐다보며 말을 이었다.

"나 그때 진짜 속상했어. 트로트는 나한테 정말 소중하단 말이야."

잠시 말을 멈춘 민서가 눈을 꾹 감았다. 그리고 입술을 꽉 깨물면서 간신히 말을 이었다.

"돌아가신 우리 할머니는 내 노래가 정말 좋다고 했어. 나 전국가요자랑 우수상 탔을 때 할머니가 얼마나 기뻐하셨는데! 할머니한테 꼭 트로트로 성공하겠다고 약속했어. 세계적인 가수가 되겠다고. 난 정말 성공해야 해. 하늘에 있는 할머니한테도 다 들리게."

아, 내가 정말 나쁜 말을 했구나. 내 말이 민서를 상처받게 했구나. 나는 민서를 향해 천천히 걸어갔다.

"미안. 그냥 그때는 나도 기분이 너무 나빴어. 그래도 너희가 나를 험담한 것만 뭐라고 해야 했는데, 너를 비꼬고 네가 아끼는 트로트까지 무시해서 미안해. 난 네가 나를 질투한다고 생각했어."

"아니야. 나도 너한테 많이 못되게 굴었어. 나도 미안해."

민서는 잠시 고개를 떨궜다. 내 눈을 마주치지 못하는 그 작은 아이가 몸을 떨며 이렇게 말했다.

"바보야. 나 너 많이 질투해. 그리고 부러워. 네가 그렇게 노래 잘 부르는 게 부럽고, 춤도 잘 추는 게 부럽고, 마르고 예쁜 것도 다 부러워. 네가 질투 났던 순간도 많지만 그건 다 네가 멋진 가수기 때문이란 말이야."

민서는 왈칵 울음을 터뜨렸다. 어쩐지 나도 함께 눈물이 날 것만 같았다. 나는 민서의 손을 꽉 붙들며 말했다.

"이제부터 우리 항상 같이 연습하자. 지금처럼 가끔씩 따로 연습하는 시간 갖지 말고 말이야. 그냥 오디션 끝날 때까지 쭉 연습실 같이 쓰자. 그러면 너도 사람들 눈치 안 보이지? 그리고 연습실 혼자 안 써서 좋지? 나도 항상 서로 평가해 주고, 노래도 들어 주고 하면 너무 좋을 것 같아."

"정말 그래도 돼? 네가 너무 불편한 거 아니야?"

"뭐가 불편해! 당연히 그렇게 해야지!"

우리는 서로를 마주 보며 해맑은 웃음을 지었다.

11. 다들 왜 그러는데?

다음 주면 4라운드다. 트롯 전쟁은 순조롭게 진행됐다. 조별 경쟁이었던 3라운드도 성공적으로 마쳤다. 대진 운도 참 좋았다. 나와 민서는 어떤 라운드에서도 직접 마주치지 않았으니까.

적어도 우리에겐 완벽한 대진표였다. 2, 3라운드에서 우리가 만났다면 두 사람 중 한 명은 무조건 떨어졌어야 한다. 2라운드는 일대일 대결의 패자가 탈락하는 라운드였고, 3라운드는 각 조에서 한 명만 다음 라운드에 진출해야 했으니까.

4라운드는 두 명씩 팀을 이뤄 진행하는 미션이었다. 팀 대 팀으로 겨뤄서 다른 팀을 떨어뜨려야 하는 미션이다. 나는 누구 랑 팀이 됐냐고?

바로 민서다.

예감이 들어맞았다. 첫 방송부터 나와 민서를 엄청나게 엮었다. 방송만 보면 우리는 숙명의 라이벌이었다. 그냥 졸려서 하품했는데 그걸 편집해서 민서가 노래하는 장면 뒤에 붙여 놓고 지루해하는 것처럼 만들기도 했다.

민서도 상황이 별반 다르진 않았다. 벌레 때문에 얼굴을 찌푸리는 걸 찍어서, 내가 가사 틀린 부분에 붙여 놓았다.

게다가 팬들마저 서로 편을 갈라 싸우기 시작했다.

양민서니, 뭐니 그냥 듣보잡 아님? 지방 축제나 돌아다니던데? 올패스 말이 됨?

백새롬 드림픽션 못 들어가고 트로트 하네? 쫄딱 망했죠?

새롬 언니가 훨씬 이쁘게 잘 부름 양민서 돼지 같다 우웩

백새롬은 확실히 트로트는 아닌 듯 하던 거나 열심히 하길

양민서가 우승 후보 백새롬은 겉절이

음. 일단 지금까지는 무승부인가.

오늘은 모처럼 학교에 가는 날이다. 4라운드를 앞두고 조금

여유가 생겼거든. 틈틈이 등교해서 출석 일수를 채워 놔야 한다. 등교 후 핸드폰을 보고 있는데, 누군가 버럭 소리를 질렀다.

"야, 백새롬! 이런 거 일일이 보고 있지 마! 네가 훨씬, 훨씬 잘 불러! 양민서는 무슨 콧소리만 내더라!"

나는 그 소리의 주인을 쳐다봤다. 민서에 대해 함부로 말하는 사람. 역시 설윤이였다. 설윤이는 민서를 여전히 참 싫어한다. 둘은 왜 이렇게 사이가 안 좋은 거야.

설윤이가 옆자리에 앉더니 갑자기 팔짱까지 꼈다. 아, 더워. 이런 건 딱 질색인데. 싫은 티를 내면 기분 상할까 봐 뭐라 말도 못 했다.

설윤이는 내 눈치는 보지도 않고 자기 할 말만 떠들었다.

"양민서 방송에서 띄워 주는 거 너무 티 나더라. 신경 쓰지 마. 어차피 새롬이 네가 팬은 훨씬 많잖아."

설윤이는 옆에 엎드려 있는 염라우까지 건드렸다.

"야, 염라우! 너도 그렇게 생각하지?"

나 없는 사이에 설윤이랑 라우가 친해졌나? 하긴 짝꿍이니까 그럴 수도 있겠지. 하지만 라우는 몹시 귀찮다는 표정으로 손을 휘휘 내저었다.

"양민서, 백새롬 모두모두 파이팅. 끝. 나는 잔다."

전혀 파이팅이 느껴지지 않는 파이팅이었다. 염라우는 여전히 이상했다. 학교야 꼬박꼬박 나오는 것 같긴 했지만 말이다. 엎드려 누운 그 애가 슬쩍 내 쪽을 쳐다보는 게 느껴졌다.

"넌 참 여전히 재밌구나? 네 친구도 재밌네."

이렇게 또 알 수 없는 소리를 뱉었다. 나는 염라우를 노려보며 따졌다.

"뭐가 또 재밌다는 거야!?"

내 말을 끊은 건 하설윤이었다.

"그치? 라우야, 나 좀 재밌지?"

설윤이는 참 눈치가 없었다. 내 속에 부글부글 화가 끓는 걸 전혀 모르는 것 같았다. 보아하니 둘이 그렇게 친한 것 같지도 않은데. 설마 지금 염라우가 잘생겼다고 이러는 걸까. 친한 척이든 뭐든 다 좋으니 내 팔은 놔두고 해 주면 좋겠는데. 설윤이는 아직도 나와 팔짱을 낀 채였다. 덥다. 참 덥다.

그래도 설윤이는 참 좋은 친구다. 학교에 얼마 오지 않는 나에게 숙제를 알려 준다. 다음 시간에 가져와야 할 준비물도 알려 준다. 늘 내 편을 들어 주려고 한다. 하지만 반복해서 이런 말을 했을 땐 도저히 참을 수가 없었다.

"양민서 진짜 노래 못 불러. 걘 절대 우승 못 해. 우승할 실력이 아니야."

설윤이는 남이 우승 못 하는 게 재밌나? 누구한텐 정말 절박

한 일인데. 난 저렇게 말하는 사람을 이해할 수가 없다. 설윤이의 팔을 떼어 놓은 채 조용하게 타일렀다.

"민서 진짜 잘 불러. 그리고 누구보다 열심히 해. 설윤아, 나쁜 말 그만해. 나 이제 민서한테 악감정 없어."

그 말 한마디에 설윤이의 표정이 얼음장처럼 굳었다. 별다른 말을 하지 않아도 표정만으로 무슨 생각을 하는지 바로 알 수 있었다.

'네가 나한테 어떻게 그럴 수 있어.'

설윤이의 눈을 피했다. 근데 설윤이 등 뒤엔 감동한 표정으로 날 보는 아이가 있었다. 양민서였다. 어라, 민서는 옆 반인데.

설윤이가 민서에게 퉁명스럽게 물었다.

"양민서, 넌 옆 반이 왜 우리 반에 막 들어와?"

"선생님께 허락받았어. 너희 반 선생님께도."

"뭘 허락받았는데?"

"그런 건 왜 물어."

우와. 민서도 대단하다. 긴말하지 않고도 설윤이를 기분 나쁘게 했다. 민서는 설윤이를 무시한 채 내게 말했다.

"우리 둘이 4라운드에 한 팀으로 출전하잖아. 그래서 다음 수업 시간부터 음악실 가서 같이 연습하면 어떨까 해서."

민서의 제안은 생각도 못 한 찬스였다. 요즘엔 학교에 오는 것도 시간 낭비처럼 느껴진다. 음악실에서 연습할 수 있다면 얼마나 좋을까.

그런데 설윤이가 갑자기 민서에게 쏘아붙였다.

"허, 네가 뭔데 수업 시간에 새롬이를 데리고 나가? 방송 나가면 다야? 학교에 왔는데 수업 안 듣고 음악실 갈 거면 학교는 왜 오니?"

양민서가 하설윤을 물끄러미 쳐다봤다.

"우리 선생님께서 먼저 그렇게 해 보면 어떻겠냐 말씀하시더라. 근데 다음 촬영이 팀전이니까 새롬이도 함께하는 게 좋을 것 같았어. 그래서 너희 선생님께도 특별히 부탁드린 거야. 하설윤, 이 정도면 설명이 됐어?"

설윤이는 입을 다물고 눈만 깜박였다. 민서의 말은 지적할 부분이 하나도 없었다. 하지만 설윤이는 민서가 정말 싫었나 보다.

"야, 양민서. 너 우리 새롬이 그만 이용해. 왜 갑자기 친한 척이야? 방송에서 너 착하게 보이려고? 너 때문에 새롬이 악플 무시무시하게 달려. 우승하고 싶으면 실력으로 해."

설윤이의 말이 과했다. 날 위한 마음인 건 알지만 도가 지나쳤다. 하는 수 없이 설윤이에게 언성을 높이고 말았다.

"하설윤, 그만해. 도대체 민서한테 왜 그러는데. 우리 사이 괜찮아졌다니까?"

"아, 아니. 쟤가 이제까지 너 뒷담화 하고 욕하고 다닌 거 기억 안 나? 새롬이 네 편 들어 주는 건데 왜 그래?"

"그건 다 지나간 일이고. 사실 민서가 직접 날 욕한 적도 없어. 네가 다 나한테 잘못 전달해 준 거지. 우리 연습해야 해. 다른 사람들이 얼마나 잘 부르는지 알아? 조급해 죽겠는데 도대체 왜 그래!"

반 아이들 모두가 우리를 쳐다봤다. 무심히 누워 있던 염라우마저 조금 몸을 일으킬 정도였다.

설윤이의 눈이 붉게 물들었다. 설윤이는 벌떡 일어나 자기 자리로 돌아갔다. 그러고선 고개를 파묻고 엎드렸다. 어깨를 조금 들썩이는 것 같기도 했다.

그때였다. 라우가 자리에서 일어나더니 따분한 표정으로 천천히 교실 뒤로 걸어갔다. 왠지는 모르지만 반 아이들 모두의 시선이 그 애에게 쏠렸다. 라우는 아이들의 시선 따윈 아랑곳하지 않고 휴지를 통째로 집어 와 설윤이 앞에 탁 내려놓았다. 설윤이가 라우를 보며 말했다.

"고, 고마워."

염라우는 대답도 하지 않고 그대로 등을 돌려 자리에 앉았다. 그러고는 그저 낮고 조용하게 읊조렸다.

"친구끼리는 사이좋게."

염라우한테 저렇게 세심한 모습이 있었나?

그 순간 라우가 갑자기 내 쪽을 쳐다봤다. 여전히 이상한 기분이 드는 시선이었다.

묘한 빛깔의 갈색 눈동자에 햇빛이 맺혀 반짝거렸다. 왜 갑자기 나를 보는 거지. 나보고 사과하라는 거야? 그런데 눈길이 약간 이상했다. 나보다는 내 뒤쪽에 있는 무언가를 바라보고 있는 것 같달까. 하지만 내 뒤는 그냥 창문인데.

라우와 눈 맞춤을 하던 그 순간, 의외의 목소리가 내 귀에 들렸다.

"그래. 친구끼리 대체 왜 싸우는 거야! 백새롬, 네가 너무했네. 난 설윤이 마음 다 이해 가. 너 변했어. 양민서가 그렇게 중요해? 네 원래 친구들은 하나도 안 중요하지?"

시끄러운 목소리의 주인공은 김딴딴이었다. 대체 언제 또 여길 와 있던 걸까. 하여간 학교는 엄청 좋아한다니까.

김딴딴은 그 말만 하고선 창밖으로 휙 몸을 날렸다.

아, 짜증 나. 하설윤이고, 김딴딴이고 내 상황은 하나도 생각을 안 해 준다. 당장 4라운드 팀전을 해야 한다고. 그것도 다음 주에.

12. 수상해

"수상해. 양민서가 친근하게 구는 거 수상하다고."

김딴딴이 집요하게 그 말을 반복했다. 나와 민서가 연습 중이란 사실도 까먹은 듯했다.

내일이 벌써 트롯 전쟁의 4라운드 날이다. 우리 셋은 함께 연습실에 있었다. (물론 민서는 이곳에 우리 두 사람만 있다고 생각하겠지만.) 김딴딴이 자꾸 연습을 방해해서 곤란했다. 하여간 적당이라는 걸 몰라. 물론, 그것도 녀석의 장점이라면 장점이다. 한번 꽂히면 끝까지 매달리거든. 지금도 저렇게 귀가 아프게 떠들고 있다.

"아, 양민서 말고 나랑 놀자고! 나랑! 나랑 연습해야지! 원래 나랑만 연습했잖아!"

녀석은 지금 나와 연습하고 싶어서 이러는 게 아니다. 김딴딴은 내가 자기 말고 다른 사람이랑 연습하는 게 싫은 거다. 자기도 본인 하고 싶은 게 있으면 제멋대로 어디론가 떠나 버리면서 왜 그러는 걸까.

김딴딴이 꽂힌 게 노래나 춤일 때는 참 좋다. 본인이 만족할 때까지 연습에 몰두하니까. 덕분에 김딴딴은 장르를 가리지 않고 모든 노래를 다 잘했다. 과연 연습실 지박령답달까.

하지만 오늘처럼 김딴딴이 꽂힌 게 나일 때는 정말 끔찍하다.

"야, 백새롬. 정신 차려. 양민서인지, 양털 파카인지 뭔지에 홀리지 말라고. 귀신보다 무서운 게 사람이야."

도대체 이 잔소리를 언제까지 들어야 하는 걸까. 잔소리인지, 질투인지 구별도 되지 않았다. 하는 수 없이 최후의 방법을 썼다. 좀 불쌍하지만 어쩔 수 없다. 김딴딴에게 눈웃음을 지으며 타일렀다.

"미안. 오늘은 연습만 하기에도 바빠. 나중에 노래 가르쳐 줄 거면 돌아와."

"야, 야, 너 뭐 하는 거야? 우리 사이에 어떻게 이럴 수 있어!"

"미안."

나는 짧은 인사와 함께 온몸의 영력을 방출했다. 순간 회사 곳곳에서 귀신들의 비명이 들렸다. 이런, 김딴딴만 내보낸다는 게 여기 건물 전체의 귀신을 쫓아냈나 보다. 어쩐지 요즘은 힘이 남아돈다. 옛날보다 영력이 더 강해진 느낌이다. 나도 나이가 들어서 그런 걸까.

그때, 아빠가 만들어 준 오컬트워치에서 큰 소리가 났다. 강한 영력이 발생하면 시계에서 알람이 울린다.

뚜. 뚜.

뚜. 뚜.

뚜. 뚜. 뚜.

시끄러운 소리에 민서가 나를 바라봤다. 난 웃으며 둘러댔다.

"하, 하하. 스마트워치 알람을 잘못 맞췄나 보다. 미안."

민서는 크게 신경 쓰지도 않았다. 역시 묵묵한 건 그 애의 장점이었다. 그런데 민서의 제일 큰 장점은 따로 있었다.

"새롬아, 이 구절은 고음이 딱 올라가는 부분이니까 네가 맡아 부르는 거 어때?"

"고음 파트를 맡는 사람이 오디션에선 더 주목받을 텐데 괜찮아?"

"당연하지. 나보다 새롬이 네가 고음이 훨씬 잘 올라가잖아.

이건 우리의 무대니까 좋은 무대를 만드는 게 중요하지."

민서는 곡을 해석하는 능력이 탁월했다. 게다가 팀워크도 완벽했다. 양민서 친구들이 아무 말 없는 민서를 대장처럼 따르는 이유를 알 것 같았다. 덕분에 작업은 한결 수월해졌다. 각자가 맡아야 할 파트를 그 애가 척척 나누어 줬으니까.

그리고 민서가 부족한 부분은 내가 도와줬다.

"민서야, 여기서는 팔을 좀 더 쭉 뻗는 게 선이 이쁘게 보여."

"이렇게?"

"어, 잘하긴 했는데 이건 신나는 곡이니까 그렇게 팔을 딱딱하게 뻗지 말고."

민서는 춤엔 영 소질이 없었다. 어색한 동작에 우리는 연신 안무를 가다듬었다.

"음, 그건 너무 뻗었다. 그냥 팔을 그렇게 내미는 게 아니라."

"아, 모르겠다. 너무 어려워. 히히."

민서가 배시시 웃었다. 괜찮다. 춤은 내가 잘 추니까. 우희 언니만큼은 아니지만 나도 YSH의 연습생이다.

이번 라운드만 통과하면 드디어 결승전. 우리는 밤새도록 연습했다. 다음 날, 우리 부모님이 창백한 얼굴로 날 데리러 올 때까지.

대망의 4라운드 날 아침. 연습실에서 민서와 함께 잠이 들었는데, 깨 보니 우리 부모님 두 분이 모두 와 있었다. 엄마가 화장실로 날 잡아끌었다.

"백새롬! 엄마랑 아빠가 얼마나 놀랐는지 알아? 엄마는 학교에서 단군시까지 3시간을 걸려서 왔어!"

"아니, 연습실에서 자고 간다고 문자 보냈잖아요!"

"무슨 문자를 보내. 어제 단군시 전체에 핸드폰이 안 터졌다던데. 그거 백새롬 네가 한 짓이지!?"

"아니, 내 힘으로 어떻게 전화를 끊어. 아, 아니. 잠깐. 내가 끊었나?"

나는 켕기는 게 생각나서 머뭇거렸다. 어제 김딴딴에게 화가 나서 힘을 쓴 게 기억났다. 영력을 지나치게 방출했나. 단군시의 통신이 전부 끊기다니. 내 힘이 요즘 들어 더 세진 것 같단 생각은 했는데, 이 정도일 줄이야.

엄마가 나를 흘겨봤다.

"너 맞네, 너 맞아. 힘 함부로 쓰지 말라고 했지! 어제 아빠도 난리가 났어. 새롬이 네 시계에서 말도 안 되는 수치의 영력이 치솟았다고."

"아, 김딴딴이 계속 연습을 방해해서……."

"연습에 방해된다고 도시 전체의 통신을 끊어 놓는 게 말이나 돼! 게다가 오는 길에 보니까 단군시 근처 귀신이 싹 다 기절

해 있더라! 네가 무슨 깡패야!?"

"그, 그럴 의도는 없었어요!"

"시끄러워! 네가 통신을 끊어 버리는 바람에 너희 회사 건물 문도 폐쇄됐잖아! 덕분에 엄마 아빠는 아침까지 발만 동동 굴렀어!"

일어나자마자 거하게 혼났다. 이게 다 김딴딴 때문이다. 나는 뾰로통한 표정으로 되물었다.

"그래도 오늘 오신 거면 4라운드는 직접 보실 수 있는 거예요? 4라운드부터는 일반 관객도 볼 수 있는데."

"못 가. 엄마 논문 작업할 거 있는데 다 내팽개쳐 두고 왔어. 그리고 오늘 수업도 있어. 지금 당장 다시 학교 가 봐야 해."

나는 어쩐지 엄마와 눈을 마주칠 수 없었다. 괜스레 발끝만 바라보면서 재차 물었다.

"그, 그래도 결승전은 보러 올 수 있죠?"

"진출하면 고민해 볼게. 일정 조정해서 올라올 수 있게."

나도 모르게 활짝 웃음이 지어졌다. 엄마가 내 머리를 쓸어 주면서 말했다.

"친구랑은 사이좋게 지내. 설윤이 엄마 전화 왔더라."

"설윤이 엄마가?"

"그래. 무슨 일인지 모르겠지만 설윤이가 밤새 울었대. 밥도 잘 안 먹고. 그래서 무슨 일인지 궁금해서 전화했더라. 뭐라 말하겠니. 내 딸이랑 싸웠다고 할 수도 없고."

"싸, 싸운 거 아니에요."

"딱 봐도 너랑 싸웠지."

"아, 아니. 그건 설윤이가 일방적으로……."

"너 혼내는 거 아니야. 친구가 어떻게 맨날 사이가 좋니. 그래도 너무 속상하게 만들진 마. 설윤이는 너랑 유치원 다니기 전부터 친구 사이였잖아."

아무 말도 할 수 없었다. 설윤이 엄마랑 우리 엄마는 결혼하기 전부터 친구였다. 대학을 함께 나왔다고 하시더라. 지금도 옆 단지 아파트에 가깝게 살면서 이웃으로 지낸다.

원래 전화를 자주 하긴 하지만 이런 일로 전화가 올 줄이야. 난 설윤이에게 마음이 상했다. 그 애가 고자질한 것 같진 않지만, 내가 혼나야 하는 일도 아니니까.

그런데 엄마가 나를 빤히 쳐다봤다.

"민서랑은 요즘 꽤 친하게 지내네? 옛날에는 싫어 죽겠다고 하더니?"

"시, 싫다고 한 적은 없어요!"

"그래? 우리 딸이 그렇다면 그런 거겠지. 근데 설윤이도 서운할 수 있어. 엄마도 네 나이 땐 그랬어. 친한 친구가 다른 친구

랑 친해지면 괜히 마음이 상하기도 하고. 우리 딸도 친구 마음
까지 잘 헤아리면 좋지 않을까? 노래를 부른다는 건 더 다정해
지려는 노력이잖니."

나는 엄마의 말간 두 눈을 바라보았다. 엄마의 말은 맞다. 노
래는 더 상냥한 마음을 가져 보기 위한 노력이다.

하지만 설윤이에게 속상한 마음이 사그라들지는 않았다.

민서와 함께 대기실에 도착했다. 드디어 우리를 위해 따로 대
기실이 배정되었다. 방송은 냉정하다. 주목받을수록 더 좋은 대
우를 해 준다.

아빠는 우리를 대기실까지 데려다주었다.

"관객석에서 응원하고 있을 테니까 편안하게 해. 우리 딸이
하는 무대는 언제나 멋있으니까."

나는 고개를 끄덕였다. 아빠는 눈웃음을 짓고는 대기실을 나
갔다. 민서가 나한테 다가와서 말했다.

"부럽다. 우리 아빠는 저렇게 안 다정한데."

"민서 네 얘기만 들었을 땐 엄청 다정하신데? 직접 연습실도
만들어 주시고."

"뭐, 해 주시는 것은 많지."

민서는 어쩐지 씁쓸한 표정이었다. 그러고선 가만히 입을 다

물고 거울 앞에 갔다. 제 얼굴을 빤히 쳐다보던 민서가 조그만 목소리로 투덜거렸다.

"아, 오늘 무대인데 이게 뭐야. 하필."

새벽까지 연습해서 그랬는지 그 애 이마에 여드름이 나 있었다. 민서는 파운데이션을 꺼냈다. 그리고 메이크업을 시작했다. 그 모습을 유심히 보는데, 우희 언니가 내게 해 줬던 말이 떠올랐다.

'트러블이 있다고 메이크업을 덧대면 오히려 화장이 떠 버려. 가볍게 하는 게 나아.'

민서에게 천천히 다가갔다. 그리고 조심스럽게 어깨에 손을 올렸다. 민서가 의아한 눈으로 나를 쳐다보았다.

"왜?"

"트러블이 났을 땐 오히려 가볍게 메이크업하는 게 좋아. 일단 트러블 있는 자리를 좀 소독해 주면 더 좋고."

나는 파우치에서 소독솜과 클렌징 티슈를 꺼냈다. 클렌징 티슈로 여드름 부위를 닦아 내고, 소독솜으로 가볍게 터치해 주었다.

민서의 얼굴을 이렇게 자세히 살펴보는 것은 처음이다.

피부를 진정시킨 부분에 파운데이션을 얇게 발라 주고, 여드름이 있는 곳엔 가볍게 컨실러로 마무리해 주었다. 나는 파우치에서 눈썹 칼도 꺼냈다.

"눈썹도 좀 다듬으면 좋을 것 같아서."

"아, 아."

민서가 두 눈을 질끈 감았다. 난 조심스럽게 눈썹 칼을 움직였다. 작고 보드라운 눈썹이 민서의 볼에 내려앉았다. 나는 후 불어서 털어 주었다.

나는 줄곧 이 애를 싫어했다. 묵묵함을 음흉함이라고 생각했다. 무던함을 타인을 배려하지 않는 모습이라고 오해했다. 하지만 지금은 안다. 오로지 자신이 할 일에 집중하는 모습, 어떤 일에도 예민하게 반응하지 않는 게 민서의 장점이라는 걸.

이제 마지막으로 민서의 얼굴을 파우더로 가볍게 두드렸다. 화장품 냄새가 대기실에 편안히 번졌다.

"자, 끝."

민서가 거울을 보더니 활짝 웃었다. 굳어 있던 표정이 풀린 게 보기 좋았다. 우희 언니가 나에게 다정했던 이유를 드디어 알았다. 무언가를 해 주는 사람의 마음은, 무언가를 받는 사람의 마음만큼 기쁘구나.

민서가 연신 감탄을 내뱉었다.

"와, 이게 정말 나라고? 새롬이 너는 메이크업도 진짜 잘하는구나."

별것 안 한 것 같은데 민서가 엄청나게 기뻐했다. 그래, 민서도 늘 무던하지는 않구나. 민서가 이렇게 기쁜 표정을 짓는 걸 보는 건 처음이었다. 그게 좋았다.

무대가 끝나고 폭죽이 터졌다. 치솟는 불꽃과 함께 종이 꽃가루가 흩날렸다. 나는 민서를 쳐다보았다. 그 애는 고개를 푹 숙인 채 숨을 헐떡이고 있었다. 우리 둘 다 우리가 할 수 있는 최선의 힘을 이곳에 쏟아 냈다. 나와 민서의 무대는 그야말로 완벽했다.

이제까지 했던 모든 무대 중에서 최고로 만족스러웠다. 스포트라이트와 함께 박수갈채가 쏟아졌다. 그 소리는 마치 방송국 전체를 메우는 파도와도 같았다. 그 해일이 나와 민서를 에워쌌다. 관객석에서 아빠는 울고 있었다. 주책이다. 정말.

얼마 지나지 않아 심사평이 시작됐다. 오늘은 특별한 심사위원이 이곳에 방문한 날. 바로 전설의 트로트 가수 남훈하 선배님이었다. 그분이 감격스러운 목소리로 말했다.

"아, 무대 억수로 잘 봤심더. 양민서 양하고 백새롬 양의 호흡이 억수로 중요한 무대인데, 서로를 위하는 마음이 좋았으예. 그리고 무엇보다 실력을 칭찬하고 싶습니다. 다른 성인 참가자에게 못지않은 정도가 아니라, 이미 한국 최고 수준이라예. 두 사

람이 쭉 듀엣을 해도 될 것 같심더. 아무튼 최고의 무대! 짱짱이라 이 말입니더! 이 훈하보다 나아!"

과분할 정도의 극찬이었다. 심사평이 끝나기도 전에 관객의 박수와 환호성이 쏟아졌다.

그런데 이상한 게 하나 있었다. 무대를 끝마친 민서의 표정이 밝지 않았다. 아니, 오히려 착잡하고 어두운 표정이었다. 수상하다는 생각이 들 정도로.

쏟아지는 조명의 한가운데인데도 민서 표정엔 한 뼘의 그늘이 있었다. 나는 그 모습을 쳐다봤다. 귀신처럼 낯선 민서의 옆얼굴을.

4부. 진실은 남이 읽어요

13. 김딴딴의 폭주

나는 사장실에 앉아 있다. 사장님은 갑자기 나를 왜 부른 걸까. 결승에 올라간다니까 갑자기 내가 보고 싶어졌나. 한동안 신경도 안 쓰더니만.

마지막 방송을 앞두고 연습만으로도 바빠 죽겠다. 결승 주제는 랜덤 곡 미션이어서 더욱 긴장됐다. 어떤 노래를 불러야 하는지 알 수 없었다. 당일 결정된 노래를 고작 한 시간 동안 연습해서 불러야 하는 생방송이었다. 누가 생각했는지 몰라도 참 고약한 방식이었다. 덕분에 세상 트로트는 다 불러 보고 있다.

그나마 다행인 건 김딴딴이 도와주고 있다는 정도다. 김딴딴은 생각보다 트로트에 진심이었다. 아이돌 하다 죽은 지박령인 줄 알았는데, 트로트 하다 죽은 지박령이었나 보다. 세상에 모르는 노래가 없더라. 게다가 요즘엔 나한테 집착이 부쩍 심하다. 지금도 사장실까지 따라와서는 천장에 거꾸로 매달려 있다. 아, 지겨워.

김딴딴은 나를 향해 연신 뭐라고 말을 걸었다.

"평상시 몸동작 하나하나에도 전부 다 뽕끼를 듬뿍 담으라고!"

나는 황당했다. 요즘은 거의 내 옆에 달라붙어 저런 얘기만 한다. 우승에 대한 집착을 나보다 김딴딴이 더 하고 있다. 라운드가 계속될수록 더 심해지는 것 같다.

"됐어! 그냥 가만히 앉아 있는데 어떻게 그런 게 나와! 도대체 너 요새 왜 그러는 거야?"

김딴딴이 좀 이상해지고 있다. 원래 이 정도는 아니었는데. 게다가 기운도 살짝 이상하다. 악령한테서 느껴지는 음습한 느낌마저 든다. 집착이 심해서 그런 분위기가 도나. 그 집착은 나를 향한 걸까, 우승을 향한 걸까. 어쩌면 둘 다인지도 모른다.

내 대답을 들은 김딴딴은 시무룩한 얼굴로 옆에 와서 섰다. 그러고는 조용한 목소리로 속삭였다.

"너 요새 오디션 관련한 일 아니면 나한테 관심도 없잖아. 내가 너한테 도움이 안 되면 양민서인지 뭔지 개한테 홀라당 가서 개랑만 놀 거잖아."

나는 김딴딴을 바라보았다. 얘는 도대체 뭐라는 걸까. 왜 이런 생각을 할까. 문득 엄마의 말이 떠올랐다. '친한 친구가 다른 친구랑 친하게 지내면 괜히 마음이 상하기도' 한다는 그 말이.

하지만 나는 김딴딴의 시선을 피했다. 이럴 때는 어떻게 대처해야 하는지 알 수가 없다. 김딴딴에게도, 설윤이에게도. 내가 미안하다고 해야 하는 걸까. 그런 종류의 일은 아닌 것 같은데.

김딴딴의 시선을 애써 피하던 그때, 문이 열리고 사장님이 들어왔다. 그런데, 사장님은 익숙한 손님과 함께 있었다. 그 손님은 다름 아닌 트롯 전쟁의 총괄 프로듀서인 김 피디님이었다.

"아이고, 우리 복덩이가 여기 있구나. 덕분에 우리 프로가 아주 잘나간다. 시청률이 20퍼센트를 넘겼어."

나는 고개를 꾸벅 숙이며 인사를 했다.

"감사합니다. 다 피디님 덕분입니다."

"아이고, 누가 가르쳤는지 예의까지 바르고 아주 준비된 스타라니까. 역시 YSH의 신동들은 알아줘야 해! 김별도 그렇고 아주 천재들만 나오는 회사라니까!"

나는 귀가 따가웠다. 아, 지겨워. 어른들은 뭐만 하면 그 김별인지 뭔지랑 나를 비교한다니까. 회사가 세워질 때 활동한 가수면 완전 조상님이잖아. 게다가 은퇴해서 지금은 어디서 뭐 하고 사는지도 모르는 가수인데.

그런데 피디님은 이런 내 눈치 같은 건 전혀 살피지도 않았다. 그저 자기 할 말만 했다.

"새롬아, 결승 때도 아주 잘해 줘야 한다. 내가 널 결승까지 추천한 거니까."

김 피디님이 이상한 소리를 했다. 오디션 프로그램인데 결승까지 올라오라고 추천했다니 무슨 소리야. 의아한 얼굴로 연 사장님의 얼굴을 쳐다봤다. 사장님은 내 눈을 피하고 있었다.

시선을 회피하는 이유를 나는 곧 알 수 있었다. 김 피디님이 내 어깨를 두드리면서 이렇게 말했기 때문이다.

"결승전에서 부를 노래는 「진실」이야. 아, 세상에 진실이 너무 많지? 남훈하의 진실이다. 네가 아주 남훈하 선생님이랑 연이 깊구나. 하하. 하하하하. 나는 이제 가 보마. 하하. 하하하하."

김 피디님은 그 말만 남기고 나가 버렸다. 사장님은 갑자기 헛기침을 하기 시작했다. 그러고는 나에게 아무런 설명 없이 그냥 자기 자리에 앉아 버렸다.

"큼. 크흠. 크, 크크흠."

나는 천천히 사장님에게 다가갔다.

"이게 무슨 얘기예요? 결승전은 랜덤 곡 미션이잖아요? 그리고 김 피디님이 저를 결승까지 추천했다는 건 다 무슨 얘기예요?"

사장님이 물끄러미 나를 쳐다봤다. 마치 무언가 결심을 마친 사람의 눈빛이었다.

"너는 무조건 이 오디션에서 우승해야 한다. 결승까진 우리 기획사랑 김 피디의 힘으로 어떻게든 했어. 하지만 마지막 방송은 시청자 투표가 점수에 들어가니까 뒤집힐 수도 있다."

"아니, 그게 다 무슨 소리냐고요. 오디션이 조작됐단 얘기예요? 이제까지의 모든 결과가?"

연 사장님은 느리게 고개를 끄덕였다.

"모든 결과는 아니야. 처음에 우승 후보군으로 점찍은 몇 명의 출연자가 있었다. 그중에 활약이 가장 돋보이는 새롬이 네가 결국 우승자로 결정된 거지."

"아직 결승전 시작도 안 했어요. 그런데 무슨 우승자가 정해져요? 그러면 저랑 민서가 4라운드 전까진 맞붙지 않은 것도 설마 전부 조작이에요? 대진표도 전부 조작해서 짰어요?"

"냉정해져. 네가 하지 않았어도 결국 누군가 했을 거야. 우리만 이렇게 했던 게 아니야. 원래 오디션 프로그램에서는 흔히 있던 일이다. 방송이란 게 원래 그런 거야."

"원래 그런 게 어디 있어요. 시청자들이 그런 사실을 알면 가만히 있을 것 같아요?"

사장님의 미간에 짙은 주름이 생겼다. 사장님이 내게 벌컥 성질을 냈다.

"백새롬. 애초에 네가 YSH가 아니라면 트롯 전쟁에 나갈 수나 있었을 것 같아? 철없는 소리 그만해. 우승자는 스타성이 있는 사람이어야 해. 그러니까 최종 우승자로 네가 결정된 거야. 너처럼 세계적으로 팬이 있고, 스타성 있는 사람이 우승하는 게 방송국 입장에서도 좋은 거니까!"

사장님은 황당한 얘기만 늘어놓았다. 나는 입술을 질끈 깨물며 답했다.

"민서도 결승전에 무슨 곡 나오는지 알아요? 민서도 우리 기획사가 서포트하는 연습생이잖아요."

"우리가 민서를 서포트하는 이유는 너의 러닝메이트 역할을 맡겼기 때문이야. 걔한테 결승 곡을 알려 줄 이유가 없지."

뜻밖의 얘기에 눈을 동그랗게 떴다. 러닝메이트라니. 이건 또 무슨 얘기야. 사장님에게 재차 따져 물었다.

"뭐라고요? 그러면 애초에 민서는 우승 못 할 걸 알고 있었어요? 알고 그냥 참가한 거예요?"

"걔도 무명으로 가수 생활을 끝내고 싶진 않았을 테니까. 결국 서로의 필요가 맞은 거야. 걔는 이름을 알리고. 우리는 회사에서 가장 중요한 연습생이 우승할 수 있게 도와주는 조력자를 구하고."

갑자기 모든 힘이 달아나는 기분이 들었다. 더 이상 사장님과 할 말이 없었다. 상대하고 싶지 않았다. 그저 조용히 사장실을 빠져나왔다. 사장실 앞에는 민서가 있었다. 나와 사장님의 대화를 다 들은 걸까. 워낙 표정이 없는 애라 감정을 읽을 수가 없었다.

"양민서, 너 다 알고 있었던 거야? 우리가 결승까지 간 게 다 조작이라는 거?"

"다 조작은 아니야. 어느 정도는 실력이었고."

"너도 알았다는 거네. 그러면 됐어. 앵무새 같은 소리를 너한테까지 듣고 싶지는 않아."

민서는 고개를 천천히 수그렸다. 나는 그제야 4라운드 무대가 끝나고 난 뒤 민서 표정이 왜 그랬는지 이해가 갔다. 아니, 모든 퍼즐이 맞춰졌다.

"너 설마 그래서 나보고 이 오디션 나오라고 시비 걸었던 거야? 예전에 화장실에서 말이야. 너답지 않게 목소리를 높여서 이상하다곤 생각했는데."

민서는 대답이 없었다. 그 침묵은 긍정의 다른 뜻이었다. 나는 민서를 더욱 몰아붙였다.

"그러면 진짜 설윤이 말대로 방송 때문에 나랑 친한 척한 거야? 정말로? 마지막 미션 곡 나만 받는 조건을 너도 다 알고 있었던 거고!"

"응. 나도 알았어. 너희 사장님이 그렇게 말씀해 주셨어. 너랑 방송에서 좋은 그림을 만들라고. 그 조건으로 YSH에서 연습한 거야. 널 돋보이게 만드는 러닝메이트로."

"와, 그러면 이제까지 일부러 친한 척한 거네. 맞지? 그런 거네?"

"아, 아니야. 물론 사장님이랑 피디님이 너랑 캐미가 좋아야 한다고 말씀하시긴 했지만."

"그만 변명해."

난 핸드폰을 꺼내 양민서에게 메시지를 보냈다. 메신저 알람이 민서의 주머니에서 울렸다.

"이렇게 비겁한 짓 안 해도 충분히 이길 수 있어. 아니, 비겁하게 이기고 싶지도 않고. 네 핸드폰에 결승전 노래 보내 놨으니까 알아서 연습해."

무어라 말을 거는 민서를 무시했다. 무시한 채 회사 복도 끝까지 걸어갔다. 설윤이의 말이 떠올랐다. 왜 친한 척하냐는 그 말이. 김딴딴의 말도 떠올랐다. 이용하는 거라고. 수상하다고.

친구들의 말을 왜 귀 기울여 듣지 않았을까. 그런데 복도 너머에서부터 아주 기분 나쁜 기운이 몰려왔다. 익숙하지만 전혀 익숙하지 않은 기운. 그 힘의 주인은 김딴딴이었다.

"내가 계속 말했잖아, 백새롬. 수상하다고."

김딴딴은 어느새 처음 만났을 때랑 비슷한 모습으로 변해 있었다. 물에 홀딱 젖어 검게 얼룩진 치마와 번개라도 맞은 듯 치솟은 머리. 그야말로 악령과도 같은 모습이었다.

김딴딴은 천천히 내 뒤에 있는 민서 쪽을 향해 걸어갔다.

"가만 놔두지 않을 거야……. 새롬이 너를 이용했고, 비열하게 프로그램 조작에 동참했어……."

음습한 기운은 점점 강해졌다. 급기야 김딴딴은 민서를 향해 큰 비명까지 질렀다.

"으, 으, 으, 으아아악! 양민서! 가만 놔두지 않아!"

김딴딴은 그대로 민서를 덮치려 했다. 마치 악령과도 같은 상태였다. 나는 민서에게 화가 났다는 사실마저 잠시 잊어버렸다. 그저 모든 힘을 다 끌어 올려서 김딴딴을 막았다.

"안 돼!"

나와 김딴딴의 힘이 복도에서 충돌했다. 거대한 영력이 회사 전체에 퍼져 나갔다. 영력을 느끼지 못하는 사람들조차 어지럼증을 느낄 지경이었다.

김딴딴이 이 정도였나. 내 힘이 제법 커지지 않았다면 민서가 다쳤을지도 모른다. 나는 천천히 다시 힘을 끌어 올렸다.

"으, 으, 으으으아악!"

김딴딴은 복도를 벗어나 창문 밖으로 달아나 버렸다. 민서는 놀란 눈으로 나를 쳐다보았다. 귀신을 보지 못하는 민서조차 온몸이 땀에 흠뻑 젖어 있었다.

큰일이다. 귀신이 산 사람을 해칠 정도로 나빠지는 상태. 무당들은 그것을 바로 악령이라고 부른다. 김딴딴이 바로 그렇게 된 것이다.

일분일초가 급한 비상사태였다. 나는 양민서를 무시하고 비상 계단으로 빠르게 내려갔다. 김딴딴을 서둘러 잡아야 한다.

14. 대왕 공원의 결투

　연습실엔 이제 나 혼자뿐이다. 김딴딴은 어디로 갔는지 도저히 찾을 수 없었다. 동네 귀신들한테 행방을 물었지만 찾지 못했다. 괜히 엄마한테 혼만 나고 말았다. 귀신 좀 그만 상대하란다. 분명 김딴딴의 기운이 느껴지는데 어디에 있는지는 모르겠다.

　민서도 더 이상 연습실에 오지 않는다. 정정당당한 승부를 위해 연습실은 같이 쓰자고 디엠을 보내 봤다. 그렇지만 답장은 없었다. 민서는 어디서 연습하고 있을까. 설마 대왕 공원에서?

아, 나도 몰라. 진짜 몰라. 디엠까지 보냈으니 나도 할 만큼 했
다. 지금 할 수 있는 건 노래를 부르는 일뿐이다. 나는 천천히
노래를 불렀다. 마지막 결승 곡. 내 입에서 흘러나오는 「진실」은
구슬픈 멜로디였다.

이렇게 떠날 거라면
왜 약속하셨는지요
진실한 사랑 말하던
눈빛을 기억합니다
사랑이 떠나더라도
진실은 남아 있어요
우리가 없는 자리에
나 혼자 노래 불러요

노래를 부르며 가사를 계속 곱씹었다. 이 노래는 아빠 엄마가
연애 시절에 자주 불렀던 노래라고 한다. 어쩐지 그 사실이 우
연이 아닌 것처럼 느껴졌다. 부모님이 좋아하는 노래를 결승전
에 부른다는 게 의미 있게 느껴졌다.

그러나 마음 한편으로 이 노래가 너무 쓸쓸하게 다가왔다.
김딴딴은 나에게 약속했다. 함께 쭉 노래 부르자고 말이다. 민

서도 나랑 약속했다. 함께 연습해서 꼭 좋은 무대를 선보이자
고. 설윤이는 항상 내 곁에서 날 응원해 줬다. 내가 무얼 하든
지. 하지만 이젠 전화도, 문자도, 디엠도 아무것도 받지 않는다.
우리는 서로에게 다 뭐였을까.

더 이상 이 노래가 막연한 사랑 노래처럼 느껴지지 않았다.
나와 김딴딴. 나와 민서. 나와 설윤이. 우리가 나눈 시간이 이
노래 속에 스며들었다. 두 눈에서 가만히 물줄기가 흘러내렸다.

"아씨, 뭐야. 싫어. 촌스럽게."

손으로 눈가를 대충 훔쳤다. 지금, 이 연습실에 아무도 없는
게 다행으로 느껴졌다. 나는 다시 한번 악보를 쳐다보았다. 내
눈에 맺힌 두 줄기 물방울 속에서 노래의 의미를 다시 곱씹으
면서. 나는 나도 모르게 한 구절씩 다시 불러 보기 시작했다.

이렇게 떠날 거라면 왜 약속하셨는지요

그것은 탓하거나 따져 묻는 마음이 아니라 지독하게 그리운
마음이 담긴 가사였다.

사랑이 떠나더라도 진실은 남아 있어요

그래. 김딴딴도, 민서도, 설윤이도 지금 곁에 없다. 하지만 그
애들과 진심으로 나눴던 우정만큼은 내 안에 있다.

천천히 노래가 내 안에서 흘러나왔다. 내가 노래를 부른다기
보단 노래가 나를 달래 주는 느낌이었다. 이게 김딴딴이 말했던
거구나. 삶의 애환. 트로트는 자기 자신의 슬픔과 마음을 담는
거구나. 김딴딴이 말했던 모든 진심을 알진 못하겠지만, 나만의
작은 진심이 조금씩 풀어져 나왔다.

이제까지 내가 불렀던 모든 노래와는 다른 노래가 흘러나왔
다. 목소리는 떨리고, 호흡은 정돈되지 않았고, 눈물 때문에 목
은 가라앉았지만 어쩐지 나는 지금 부른 이 노래가 정말 마음
에 들었다. 털썩 주저앉아, 노래가 남긴 이 마음을 찬찬히 쓸어
내렸다.

반주를 끄고 휴지를 뽑는데 갑자기 시계가 울리기 시작했다.

뚜. 뚜.

뚜. 뚜. 뚜. 뚜. 뚜.

손목에 있는 오컬트워치를 쳐다보았다. 믿기지 않는 숫자가
계속 올라가고 있었다. 근처에 엄청나게 강한 영력이 치솟고 있
다는 뜻이었다. 동시에 한 번도 느껴 본 적 없는 강대한 힘이 어
딘가에서 느껴졌다.

"뭐, 뭐야."

불길한 예감이 들었다. 믿을 수 없는 엄청난 힘이었다. 내 몸이 짓눌리는 느낌이 들 정도로 말이다. 나는 그 힘이 느껴지는 곳으로 마구 내달렸다.

도착한 곳은 다름 아닌 대왕 공원이었다. 공원은 그야말로 난리가 났다. 멀리 중앙 광장이 위치한 곳에서 푸른색 기둥이 치솟고 있었다. 불길처럼 넘실거렸다. 그 기둥을 중심으로 공원에 있던 모든 귀신이 도망쳐 나왔다.

"끄, 끄끄아악! 도망가! 휩쓸리면 죽는다!"

"흐, 흐익! 도망가! 도망쳐! 주, 죽는다!"

이봐, 너희들은 이미 죽었다고.

귀신들은 그런 걸 신경 쓸 겨를조차 없어 보였다. 아무 생각 없이 전속력으로 공원을 벗어났다. 나는 그들이 도망쳐 나온 곳을 향해 내달렸다.

가까이 다가갈수록 숨이 잘 쉬어지지 않을 정도였다. 발밑으로 진흙처럼 더러운 힘이 흘러들었다. 도대체 무슨 영문인지 알 수가 없었다. 한 발, 한 발 내딛는 게 힘이 들었다.

간신히 중앙 광장에 도착했는데 그곳엔 설윤이와 민서가 있었다. 나는 눈앞에 보이는 광경을 믿을 수가 없었다. 설윤이가 민서를 공격하고 있었다.

"가, 가만 놔둘 수 없어. 야, 야, 양민서!"

설윤이에게 달려갔다. 숨이 턱까지 차올랐지만, 가만히 있을 순 없었다. 설윤이는 지금 자신이 무엇을 하는지도 몰랐다. 설윤이가 민서를 공격하는 건 김딴딴 때문이었다. 내 눈엔 설윤이 등에 달라붙은 혼령이 보였다. 검은 물을 온몸에서 뚝뚝 흘리는 악령. 모습이 많이 달라지긴 했지만 그건 분명 김딴딴이었다.

"멈춰! 제발 멈춰!"

나는 발끝부터 힘을 집중했다. 그냥 다가갔다가는 나까지 김딴딴에게 휩쓸릴지도 몰랐다. 김딴딴은 지금 정말로 악령으로 변한 것이다. 사람을 해치고, 마음대로 몸을 조종하는 나쁜 귀신.

온몸의 힘을 최대한 집중해야 한다. 평범한 사람인 설윤이를 통해서도 저렇게 강한 힘을 내는데, 나에게 들어온다면 어떻게 될지 상상도 하기 싫었다.

"멈춰. 이러면 더 안 좋아질 뿐이야!"

그때, 김딴딴의 목소리가 내 머릿속에 들려왔다.

'백새롬, 난 멈추지 않을 거야. 난 더 이상 참을 수 없어. 양민서는 자기 욕심 때문에 널 이용했어. 오디션까지 조작했다고! 그리고 이건 나만의 의지가 아니야. 하설윤도 동의한 거라고. 하

설윤이 양민서를 얼마나 싫어하는진 너도 알고 있지!?'

나는 설윤이와 김딴딴을 번갈아 쳐다보았다. 그래, 그렇구나. 민서에 대한 설윤이의 나쁜 마음을 김딴딴이 파고들었구나.

설윤이가 민서를 미워하는 이유는 오로지 나 때문이다. 내가 아니라면 설윤이가 민서를 미워할 이유도 없으니, 민서가 이렇게 공격당할 일도 없었을 거다.

난 두 사람 사이에 힘껏 몸을 밀어 넣었다. 김딴딴의 기운 때문에 온몸이 구겨질 것 같았다. 그 힘을 이겨 내고 가까스로 둘 사이에 끼어드는 데 성공했다. 그리고 마침내 설윤이를 민서에게서 떼어 놓았다.

"떠, 떨어져! 제발! 떨어지라고!"

하지만 동시에 불길한 기운이 내 몸으로 마구 쏟아졌다. 그건 악령 김딴딴의 힘이었다. 탁하고 더러운 힘이 내 영혼을 마구 헤집었다.

"흐, 흐으으악!"

불이 닿은 것처럼 온몸이 뜨거워졌다. 반면, 김딴딴은 아직도 멀쩡했다.

"내 친구를 이용하고, 오디션까지 조작하려고 해!? 가만 놔둘 수 없어!"

나는 다시 민서에게 달려드는 김딴딴을 맨몸으로 가로막았다. 나도 안다. 더 이상 내 힘으로는 김딴딴을 막을 수 없다는 걸. 하지만 여러 가지 계산을 할 순 없었다. 그저 몸을 던졌다. 날 덮치는 김딴딴을 보면서 두 눈을 질끈 감았다.

감긴 두 눈 속으로 희고 밝은 빛이 일렁거리는 게 느껴졌다. 실눈을 뜨고 눈앞을 바라보았다. 누군가 나 대신 김딴딴을 손쉽게 제압해 버렸다. 그 누군가가 내 앞을 천천히 가로막았다.

발끝까지 닿는 두루마기를 입고 있는 한 남자애. 그건 바로 전학생 염라우였다. 그 애의 입에서 도저히 거스를 수 없는 명령이 흘러나왔다.

"나 염라가 명하노니 미천한 악령은 무릎을 꿇어라."

사방을 메우던 검은 힘이 순식간에 사라졌다. 마치 뚜껑이 열린 배수구에 오물이 쏟아지는 것처럼. 대신 그 자리에 희디흰 빛이 파도처럼 밀려들었다. 믿기지 않을 만큼 강대한 힘이었다.

그래, 그렇구나. 염라우. 염라대왕. 라우가 염라대왕님이었어. 그 애 눈에는 정말 김딴딴이 보였던 거야.

그러고 보니 아까 오컬트워치의 수치를 올리고, 대왕 공원의 귀신들을 몰아낸 힘의 주인은 김딴딴이 아니라 바로 눈앞에 있는 염라우, 아니 염라대왕님이었다.

염라우의 힘에 짓눌린 김딴딴이 점점 쪼그라들었다. 형체를 잃고 아주 작은 개미처럼 변해 버렸다. 가만히 놔두면 그대로

소멸할 것 같았다. 김딴딴이 고통스러운 신음을 뱉었다.

"끼, 끼아야악! *끄, 끄아야약!*"

나는 발버둥 치는 김딴딴을 향해 나도 모르게 손을 내밀었다. 손이 다가갈수록 김딴딴은 조금씩 형체를 되찾았다. 그 모습에 도저히 손을 뿌리칠 수 없었다.

나는 더욱 힘을 내어 작게 쪼그라든 그 애의 손을 꽉 붙들었다. 그 순간, 내 머릿속으로 김딴딴의 기억이 몰려들었다.

15. 별의 과거

무대 위에 한 아이가 보인다. 그 애는 다름 아닌 김딴딴이었
다. 셀 수 없이 많은 관객이 그 애의 목소리에 귀를 기울인다. 그
렇구나, 이 애는 원래 가수였구나. 믿기지 않는 노래 실력이 이
제야 이해가 갔다.

관객들은 김딴딴의 진짜 이름을 큰 소리로 환호했다.

"김별! 김별! 김별! 김별! 김별!"

나는 김딴딴을 다시 보았다. 이 애가 김별이었다니. 촐싹대
고, 방정맞고, 맨날 장난만 치고 다니는 김딴딴. 그래서 도저히

전설의 가수 김별이라곤 상상조차 하지 못했다.

무대 위에서 김별은 벅찬 표정으로 관객들을 보았다. 그런데 무대 아래에 아주 익숙한 얼굴이 있었다. 그건 우리 YSH의 대표 연수호 사장님이었다. 지금보다 훨씬 어린 얼굴이었다. 난 놀라서 소리쳤다.

'사장님!?'

하지만 내 목소리는 사장님에게 닿지 않았다. 이곳에선 내가 귀신이 된 느낌이었다. 그리고 얼마 지나지 않아 빠르게 주변 풍경이 변했다.

그 속에서 김별의 이야기가 연이어 펼쳐졌다.

YSH라는 회사가 생기기도 전에 연수호 사장님과 만난 김별의 모습이 보였다. 작고 허름한 지하 연습실에 두 사람이 함께 YSH라는 간판을 다는 모습도 보였다. 그래. 이게 연 사장님이 입버릇처럼 말했던 YSH의 시작이구나. 김별과 단둘이 세웠던 조그만 기획사.

그 뒤 김별은 점점 더 주목받기 시작했다. 급기야 한국에서 최고로 손꼽히는 가수가 되었다. 내가 귓속에 딱지 앉을 때까지 들었던 그 가수왕 김별로 거듭나고 있는 것이다.

수없이 많은 무대가 눈앞에 펼쳐졌다. 부산, 광주, 대구, 대전, 인천, 원주 전국 각지를 돌아다니면서 공연하는 김별의 모습이 보였다. 대단하다. 장르도 가리지 않는다. 댄스, 랩, 트로트까지 완벽하게 소화했다. 전국을 돌며 관객과 호흡하는 김별의 모습이 정말 멋졌다. 무대를 장악하고 누비는 그 애의 모습은 내 또래라고 믿을 수 없었다. 김별을 소개하는 사회자의 음성이 내 귓가를 가득 때렸다.

"열세 살 어린 나이에 가요대상을 탄 신동이죠! 요즘 장안의 화제! 최고의 가수 김별의 무대를 함께 청해 듣겠습니다!"

안내 멘트가 끝나기 무섭게, 김별은 혜성처럼 등장했다. 사람들은 환호성을 질렀다.

"까아악! 김별 언니! 별아! 여기 좀 봐!! 제발!!!"

"김별! 김별! 김별! 김별!!! 기, 기이임별!!!!"

무대에 푹 빠진 나는 그 애의 기억 속에 들어왔다는 사실마저 잊고 말았다.

이윽고 다시 주변 풍경이 빠르게 달라졌다. 머지않아 김별은 세계로 진출할 꿈을 품었다. 지하 연습실이 있던 자리엔 거대한 빌딩이 세워졌다. 지금의 YSH 건물이다. 연수호 사장님을 비롯해 수많은 사람이 김별과 함께 세계에 진출할 계획을 세우고 있었다.

마침내 김별은 한미일 합동 오디션에 참가하기로 한다. 그 오디션 프로그램은 세계 곳곳에 동시 방송되고, 그 애의 목표는 우승이었다.

나는 조마조마하게 그 모습을 지켜봤다. 이제까지 본 김별의 실력이면 어떤 오디션이든 문제가 없었다. 하지만 난 이 이야기의 결말을 안다. 김별은 계속 가수 활동을 하지 않아. 언젠가 지쳐서 은퇴하고 잠적해 버린다고.

결국 그 애는 예선에서 떨어지고 말았다. 내가 볼 땐 완벽한 무대였지만, 심사위원단의 평가는 가혹했다.

"기성 가수의 모창을 듣는 것 같았어요."

"남과 다른 모습을 찾아보기 힘들었습니다. 김별에겐 조금 더 많은 걸 기대했는데 너무 아쉽게 됐어요."

"아직 풋내기입니다. 어려요. 어린 티가 확 나요."

김별은 눈물을 흘리며 무대를 내려왔다.

그리고 주변의 풍경이 또다시 빠르게 변했다. 연 사장님이 누군가와 통화를 하고 있다. 미간이 잔뜩 찌푸려졌고, 무척 화가 난 목소리였다.

"오디션이 조작이라면서요! 우승자를 다 정해 놓고 시작했다면서요! 지금 우리 별이를 이용한 거예요? 당신 방송 살리자고 우리 애를 그렇게 망신을 준 겁니까?"

난 김별의 기억 속 젊은 연수호 사장님을 바라본다. 억울함, 서러움이 가득 담겨 있는 표정이었다. 그래, 김별의 탈락은 조작

된 것이었다. 다음 라운드에 진출할 사람도, 최종 우승자도 모두 정해진 오디션이었다. 그제야 나는 연 사장님의 말이 이해가 갔다. 방송은 다 그런 거라는, 흔한 일이라는 그 쓸쓸한 말이. 사장님도 먼 옛날엔 김별과 함께 철저하게 이용당한 것이다. 그저 방송의 홍보를 위해서. 하지만 아무것도 모르는 사람들은 김별을 비난한다.

화면이 꺼졌다 켜지듯 주변의 풍경이 전환됐다. 나는 어느새 김별의 집에 와 있었다. 컴퓨터 앞에 앉은 김별은 화면을 멍하니 쳐다보고 있다.

김별도 그냥 동네 장기자랑 수준인 거지

세계 수준엔 턱도 없는 어린애

동네 초딩이 무슨 빌보드에 진출한다고 까부냐?

미국은 무슨 팝

한국인은 일본 진출만 해도 간신히 성공할까 말까임

화면의 창백한 불빛이 김별의 얼굴에 흰 멍처럼 일렁거렸다.

다시 주변의 풍경이 빠르게 바뀌었다. 연 사장님이 사장실에서 전화를 받고 있다.

"네, 네, 별이 어머님. 별이는 일단 슬럼프 때문에 잠시 쉬는

걸로 하겠습니다. 사람들은 어차피 금방 잊으니까요. 은퇴하고 평범한 삶을 산다고, 나중에 그렇게만 발표하겠습니다. 네, 그게 가족분들 뜻이라면 존중하지요. 저도 그게 좋을 것 같아요."

담담히 전화 통화를 마친 사장님이 털썩 주저앉았다. 그러고는 눈물을 흘리기 시작했다.

"별아, 별아! 별아!!! 왜 여기에 없는 거니! 별아! 보고 싶다! 별아!"

그래. 그렇구나. 김별은 김딴딴이 되어 버린 거구나. 김별은 은퇴 후 잠적한 게 아니라 김딴딴이 되어서 다시 세상에 나타날 수 없는 거였어.

소파에 주저앉은 연수호 사장님이 비명을 지르면서 말한다.

"아악! 꼭 대한민국에서 제일가는 기획사를 만들마! 네 후배는 절대 이렇게 당하지 않게 해 줄게!"

김딴딴으로 변한 김별이 연수호 사장님 곁에 서 있다. 그 애는 하염없이 눈물을 흘렸고, 그 눈물이 옷을 적셔 지워지지 않는 무늬가 됐다.

김딴딴은 물에 젖은 솜처럼 무거워지다가 그대로 바닥으로 꺼져 버렸다. 바닥을 뚫고, 뚫고, 계속해서 뚫고 내려가다 그만 지하 연습실까지 처박혀 버렸다.

그 애는 그렇게 이 회사의 지박령이 된 거다.

천재 가수 김별, 오디션 탈락 후 잠적?

세계 진출 실패, 좌절감에 가요계 떠난 듯

5부. 우리의 무대

16. 괜찮은 아이디어

천천히 몸을 일으켰다. 나는 중앙 광장에 누워 있었다. 멀지 않은 곳에 나란히 민서와 설윤이도 누워 있었다. 새근새근 숨을 쉬는 모습을 보고 나는 안도했다.

엉덩이를 터는 내게 누군가 다가왔다. 염라우였다.

"야, 난 분명 몇 번이나 말했다. 밤길 조심하라고."

녀석은 대뜸 나에게 성질을 냈다. 나는 쭈뼛거리며 녀석을 쳐다보았다.

"여, 염라대왕님?"

"허. 새삼스럽게 웬 존댓말이야? 하던 대로해."

라우를 새삼 다시 쳐다보게 되었다. 이제 알겠다. 그동안은 힘을 감추고 있어서 감쪽같이 몰랐던 거다. 지금은 가까이하기조차 두려운 에너지가 느껴졌다.

염라우의 강력한 힘 때문에 하늘 저편의 뭉게구름이 흩어질 정도였다. 게다가 주변 그 어떤 귀신도 우리 주변에 접근하지 못했다. 나는 조심스럽게 물었다.

"김딴딴은 왜 안 보여? 어떻게 한 거야? 설마 소멸시켰어?"

"아니, 그놈은 도망쳐 버렸다. 참 대단한 능력이구나. 이곳에 웅녀의 핏줄이 있다는 얘기는 들었는데 말이다."

"웅, 웅녀의 핏줄이라니 무슨 얘기야?"

"네 엄마가 얘기 안 해 주던가. 너희 어머니 쪽 핏줄은 웅녀로부터 이어진 한반도의 제일가는 무녀 집안이다."

가끔 엄마가 말하긴 했다. 자기가 한국에서 제일가는 무녀였다고 말이다. 하지만 엄마는 원래 자기 자랑하길 좋아해서, 나는 다 거짓말인 줄 알았다.

라우가 나를 향해 말을 이었다.

"그래, 네 엄마의 힘을 받아서 너도 그렇게 강한 힘을 가지게 된 거야. 핏줄은 숨길 수 없구나."

갑작스러운 얘기에 나는 두 눈만 끔벅거렸다. 내 당황스러움을 눈치챘는지 염라우가 말을 돌렸다.

"네가 힘이 강한 건 어쩔 수 없는 일이지. 하지만 문제는 네 힘이 그 김딴딴인가 하는 놈을 도망가게 만들었다는 거야."

"내가?"

"그래, 백새롬, 네가! 바로 네가!"

생각지도 못한 얘기를 너무 많이 들은 탓에 머리가 어지러울 지경이었다. 나는 이렇게 되물었다.

"그, 그런데 위대한 염라대왕님이 단군시엔 왜 온 거야?"

"이곳은 옛날부터 나 염라를 모시던 신성한 땅이었다. 그만큼 잡다한 귀신도 많이 꼬이긴 했지만, 사람이 많이 살지 않아서 괜찮았지."

"지, 지금은 완전 신도시인데? 사람 엄청 많이 살아."

"그래. 지금은 신도시인지 뭔지 아주 인간이 바글바글해. 시끄러워 죽겠어. 게다가 너와 김딴딴처럼 영력이 강한 존재가 멋대로 날뛰고 말이야. 이 동네 질서가 아주 어지러워."

"그, 그러면 지금 염라대왕님이 온 게 나 때문이란 거야?"

"네 덕분도 크지. 너를 중심으로 자꾸 사건, 사고가 터지잖아. 일전엔 갑자기 영력을 방출해서 도시 전체의 통신을 마비시켰지? 그때 귀신만 기절한 게 아니야. 집의 평화를 지켜 주는 터주신들도 복통과 두통을 호소했다고! 요즘 터주신들이 얼마나 힘든지 알아!? 단군시 전체에 집이 얼마나 많이 늘어났는데! 죄다 높은 고층 아파트고! 수습하느라 피곤해 죽는 줄 알았다고!"

내 미간으로 삐질삐질 땀이 흘렀다. 나는 라우를 바라보며 물었다.

"그, 그래서 학교에선 거의 잠만 잤던 거야?"

"그래! 수습하느라 밤에 잠을 못 잤으니까!"

"그게 왜 내 탓인데!"

염라우는 천천히 내 쪽을 향해 걸어왔다. 잔뜩 성이 난 얼굴이었다.

"귀신과 무녀의 딸이 그렇게 딱 붙어 있는데 어떻게 일이 안 나? 김딴딴을 악령으로 만든 건 절반은 네 탓이야. 네가 하설윤, 양민서랑 싸워서 김딴딴에게 나쁜 마음이 들게 했잖아. 게다가 소멸 중인 김딴딴의 손을 붙들고 네 힘을 전해 주기까지 했지."

"기, 김딴딴은 악령이 아니야!"

라우는 기가 막힌다는 표정으로 나를 쳐다봤다. 그러고는 차분한 목소리로 나를 타일렀다.

"네 친구를 봐. 김딴딴은 하설윤의 나쁜 마음을 이용해 자신의 힘을 키웠어. 그 뒤에 하설윤을 조종해서 양민서를 죽이려고 했어. 이런데도 김딴딴이 악령이 아니라 믿어? 다시 나타나면 김딴딴을 반드시 소멸시켜야 해."

나는 꿀 먹은 코끼리처럼 입을 다물었다. 그래, 인정할 수밖에 없다. 김딴딴은 지금 악령이 되었다. 하지만 정말 어떻게 할 방법이 없는 걸까. 진짜 그런 걸까.

"김딴딴이 정말 소멸돼야 해? 그러면 저승에도 못 가고 사라져 버리는 거잖아."

"그래. 누군가 김딴딴의 나쁜 기운을 정화한다면 모를까. 지금은 소멸시키는 게 현명한 방법이야."

"나쁜 기운을 어떻게 정화하는데?"

"악령이 원하는 것을 이루어 줘야 해. 말하자면 한을 풀어 준다고 하지."

라우의 말에 곰곰이 김딴딴의 마음을 헤아려 보았다. 그 애가 원하는 것이 무엇일까. 어떻게 하면 한을 풀 수 있을까. 나는 고민 끝에 라우에게 이렇게 말했다.

"김딴딴이라면 지금 오디션이 원망스러운 거 아닐까? 내 오디션에 자신이 겪었던 일을 겹쳐서 보고 있는 것 같은데."

"뭐, 그럴 수도 있지. 보통 귀신은 자신이 생전에 겪은 억울한 일을 산 사람의 일에 겹쳐 생각하니까."

두 눈을 감고 생각을 정리했다. 과연 지금 이 상황에서 김딴딴을 돌아올 수 있게 하는 좋은 방법은 무엇일까. 행방불명된 김딴딴은 어떻게 찾을 수 있을까.

마침내 내 머릿속에 근사한 아이디어가 떠올랐다.

"내게 괜찮은 아이디어가 있어."

라우가 시큰둥한 눈으로 나를 쳐다보았다.

"그 계획이 잘 안된다면 너도 김딴딴도 큰 대가를 치러야 할 거야."

나는 고개를 끄덕거렸다. 그리고 라우에게 내 계획을 들려주었다. 처음엔 퉁명스럽게 듣던 그 애도 점점 맞장구를 쳤다.

"그래, 어쩌면 좋은 방법일 수 있겠네."

라우는 천천히 민서와 설윤이에게 다가갔다. 아까처럼 희고 거대한 빛이 치솟았다.

"공원에서 벌어진 일을 두 사람은 잊게 될 거야. 그냥 꿈이라고 생각할 거다. 이다음부터는 백새롬 네 몫이야. 계획이 실패하면 김딴딴은 내가 소멸시킬 거야."

17. 파이널 스테이끼

오늘은 트롯 전쟁의 마지막 날. 나는 또다시 대기실에 있다. 사람들은 알까. 가수가 가장 많은 시간을 보내는 곳은 사실 무대가 아니라 무대의 뒤편이라는 걸.

방송국은 참 고약하다. 이곳은 내가 드림픽션의 마지막 무대를 준비한 대기실이었다. 창백하고 흰 조명이 나를 다시 비춘다.

거울 속에서 창백한 빛이 내 얼굴을 들여다본다. 그 빛이 마치 이렇게 물어보는 것만 같다. '괜찮니? 오늘은 어떠니?' 나는 그 빛을 향해 대답한다. '아니, 전혀 괜찮지 않아.'

메이크업 의자에 앉아 멍하니 내 얼굴을 바라봤다. 며칠 동안 고생한 탓인지 살이 쭉 빠졌다. 거울 안의 가는 팔다리가 낯설었다. 이 정도로 마르면 방송에 예쁘게 나갈까. 그렇다면 다행인 거야?

그런 생각을 하는데, 누군가 대기실 문을 두드렸다. 누구일까. 오늘은 우희 언니도 없는데.

똑. 똑.

문을 두드린 것은 바로 민서였다. 조심스러운 목소리가 대기실에 울려 퍼졌다.

"혹시 들어가도 돼?"

나는 어색한 얼굴로 고개를 끄덕거렸다. 이상하다. 우리는 며칠 만에 둘도 없이 가까운 사이가 되었다. 하지만, 며칠 만에 다시 서먹한 사이가 되었다.

고개를 푹 수그린 민서가 외쳤다.

"정말 미안해. 다시 한번 사과할게. 널 속이려고 했던 건 아니야. 그냥 마음이 조급했어."

아직 민서에 대한 감정은 정리가 잘되지 않았다. 그 애가 밉다. 아직 참 밉다. 하지만 민서가 나를 위해 노력했단 것도 잘 안다. 뭐라고 대답하지 못하고 망설이는데, 민서가 울음을 터뜨렸다.

"미안해. 진짜 미안해. 나도 너처럼 주목받고 싶었어. 이 오디션 얘기를 들었을 때 너무 나가고 싶었어. 하지만 나처럼 작은 회사의 가수는 출연도 못 한다더라. 그래서 그랬던 거야."

민서는 왈칵 눈물을 터뜨렸다. 그리고 고개를 푹 수그렸다.

"미안해. 정말 미안해."

우는 모습을 보니 나도 감정이 북받쳤다. 하지만 결승을 앞두고 참가자 두 명이 나란히 눈이 퉁퉁 부을 순 없다.

민서에게 다가갔다. 그리고 그 애를 꽉 끌어안았다.

"울지 마, 바보야. 기껏 메이크업 다 해 놓고 왜 울고 있냐?"

민서의 손을 잡아끌고 메이크업 의자에 앉혔다. 파우치에서 화장품을 꺼내 지워진 화장을 고쳐 줬다.

"이따 무대 끝나고서도 울 거야? 그럴 거면 워터프루프로 해 줄게."

어느새 울음을 그친 민서가 쑥스러운 듯 고개를 저었다.

"아, 아, 안 울 거야."

"난 울 건데. 내가 우승할 거니까."

내 말을 들은 민서가 피식 웃음을 터뜨렸다. 바보. 울다가 웃으면 뭐가 난다고. 민서가 나를 향해 대답했다.

"그, 그러면 나도 울 거야."

"그래. 그러면 일단 워터프루프로 화장하는 걸로."

내 무심한 대꾸를 들은 민서가 괜히 겸연쩍어했다. 나는 퉁명스러운 목소리로 말을 이었다.

"너도 이따가 나 메이크업 봐줘. 나도 너 때문에 찔끔 눈물 났으니까."

"으, 응. 알았어."

입가에 힘을 주며 웃음을 지었다. 그리고 애써 지은 미소로 민서에게 말을 이어 갔다.

"오늘 최선을 다할 거야. 부끄럽지 않은 우승을 차지할 수 있게. 너도 그렇게 해."

대기실 거울 속에는, 흰빛 아래 도란거리는 우리 둘이 함께 담겨 있었다.

사람들은 말한다. 무대에 설 때 정말 긴장되겠다고.

이제 조금 다르게 대답한다.

"그렇죠. 하지만 제가 긴장하고 있는 이유는 무대를 좋아하기 때문이에요. 사랑하는 만큼 더 긴장하고, 더 노력하려고요."

처음 가수가 되려고 마음먹었을 때, 나는 무엇을 하고 싶었을까. 엄마의 관심을 받고 싶었나. 내가 노래를 부를 때마다 즐거워하는 그 얼굴이 좋았나. 아빠가 나를 응원하는 게 기뻤나.

트로트를 왜 시작했을까. 그냥 오디션을 또 나가고 싶어서?

아이돌로 데뷔할 수 없으니 정말 그 대신이란 생각으로? 아니면, 정말 부모님이 좋아하는 노래가 트로트라서?

그렇지만 이제는 안다. 굳이 가수가 되지 않더라도 엄마는 날 사랑한다. 아빠는 내가 무엇이 되더라도 항상 응원할 거야.

YSH에서 보낸 3년간은 무엇을 하고 싶었던 걸까. 처음에는 그저 다른 애들보다 더 잘하고 싶었다. 그다음에는 데뷔를 하고 싶었다. 드림픽션 때는 그 꿈이 코앞에 보여서 오히려 초조했다.

사실 말이야. 드림픽션에서 떨어졌을 때, 내 마음은 조금 편하기도 했다. 할 만큼 다 했다는 생각이 들었거든.

하지만 오늘은 트롯 전쟁의 마지막 무대. 조여드는 마음을 느끼며 생각한다. 나는 무대가 정말 좋아. 노래가 진짜 좋아. 춤추고, 노래하고, 관객들과 호흡하는 이 순간을 사랑해.

한 번만이라도 더 무대에 올라가고 싶었다. 딱 한 번만이라도 더 노래하고 싶었다. 그래, 그래서 나는 이 자리까지 온 거야.

한 발, 한 발 천천히 계단을 밟고 올라선다. 환한 조명이 나를 둘러싸고, 눈앞에는 심사위원과 관객들이 보인다. 심사석엔 특별한 심사위원이 앉아 있다. 우희 언니가 특별 심사위원으로 그곳에 있다. 언니는 애정이 가득 담긴 눈으로 날 바라보고 있다.

두 눈을 꼭 감는다. 얼마 지나지 않아 반주가 흘러나오고, 나는 마이크를 꼭 쥐었다.

그때, 곁으로 한 귀신이 다가왔다. 이전에 비해서 너무나도 약한 그 기운이 안쓰러웠다.

"네 몸을 나한테 넘겨. 내가 불러야 돼. 노래는 내가 불러야 한다고."

그래, 내게 다가온 귀신은 김딴딴이었다. 그렇게 약해진 상태에서도 자기가 노래를 대신 부르겠다고 날 설득했다. 나의 불안한 마음을 파고들며 점점 자신의 기운을 키워 나갔다.

"줘! 새롬이 네 몸을 나한테 달라고!"

이젠 노래를 부르겠단 생각 말고는 아무것도 생각 못 하는 그런 악령이 됐나 보다.

단호하게 고개를 저었다. 그리고 마이크를 다시 꽉 쥐었다. 전의 결승전 때는 김딴딴에게 몸을 내어주고 말았다. 하지만 지금은 아니야. 그때처럼 또 후회할 순 없어.

"아니, 이 무대는 혼자 할 거야. 반드시 끝까지 부를 거야. 들어 줘. 김딴딴, 아니 김별. 나의 무대를."

이렇게 떠날 거라면

왜 약속하셨는지요

진실한 사랑 말하던

눈빛을 기억합니다

성공이다. 첫 대목부터 잘 들어갔다.

이제까지 부른 노래 중에서 가장 만족스러웠다. 나는 찬찬히 관객 한 사람, 한 사람과 눈을 마주쳤다. 그들의 응원이, 감동이, 사랑이 내게 전달되는 듯했다. 그리고 관객석 한편엔 내가 생각지 못했던 사람도 있었다.

바로 설윤이였다. 설윤이는 우리 부모님 옆에 나란히 앉아서, 진지한 표정으로 피켓까지 들고 서 있었다.

'국민 가수 백새롬! 내 친구 백새롬! 사랑둥이 백새롬!'

설윤이다운 멘트에 난 속으로 조금 웃고 말았다.

그 순간 김딴딴이 관객석 위로 날아가 조명 스태프 쪽으로 향했다. 그러고는 조명 감독님의 몸 안으로 쑥 들어가 버렸다. 감독님의 몸을 차지한 김딴딴은 갑자기 공연장 모든 불빛을 꺼버렸다.

단숨에 공연장 전체가 캄캄해졌다. 이곳저곳에서 술렁거리는 소리가 들렸다. 내 귀에 낀 인이어에선 피디님의 목소리가 다급하게 들려왔다.

"이, 이거 생방송이야! 아직 방송 나가고 있어! 멈추지 말고 계속해!"

다시 마이크를 힘껏 쥐었다. 그리고 그때, 내 귓속으로 누군가의 목소리가 크게 들렸다.

"백새롬 멋있다! 백새롬이 제일 예쁘다!"

설윤이의 목소리였다. 그리고 연이어 쑥스러운 목소리가 한 번 더 울려 퍼졌다.

"배, 백새롬! 내 딸 최고다!!!"

그 목소리는 바로, 엄마 아빠의 목소리였다. 뒤따라서 내 팬들의 목소리도 연신 울려 퍼졌다.

"백새롬! 백새롬! 백새롬!"

"백새롬!!! 노래 불러!!!!"

"백새롬 없으면 못 살아!!!"

나를 응원해 주는 가족과 친구. 소중한 나의 팬들. 나는 마이크를 쥔 손에 다시 힘을 주었다. 발끝부터 손끝까지 내 모든 힘을 모았다.

들려오는 반주에 맞춰 천천히 노래를 이어 나갔다.

사랑이 떠나더라도

진실은 남아 있어요

우리가 없는 자리에

나 혼자 노래 불러요

말 그대로 혼신의 힘을 다해 불렀다. 몸의 힘뿐만 아니라 내가 가진 영력마저 빠져나가는 것 같았다.

하나,

둘,

셋.

그리고 눈을 감자 드디어 또렷하게 보이는 게 있었다. 약해지고, 탁해진 김딴딴의 영혼 말이다.

나는 내가 가진 모든 힘을 다시 노래에 불어넣었다. 나의 노래를 통해 김딴딴의 더러워진 기운이 정화될 수 있도록. 그리고 세상 사람 모두에게 이런 나의 전심전력이 전달되도록. 그렇게 온몸의 힘이 빠져나갔다. 땀이 비처럼 쏟아졌다. 김딴딴의 나쁜 기운이 조금씩 줄어들기 시작했다.

나는 또 한 번 마이크를 꽉 쥐었다. 후렴구가 돌아오고 나는 다시 한번 가사를 반복했다. 어두운 밤에도 노래는 앞을 향해 나아가니까. 들어 줘. 김딴딴.

우리가 없는 자리에

나 혼자 노래 불러요

내가 가진 모든 호흡을 노래 안에 불어넣으며 곡을 마무리했다. 무대가 끝나고 드디어 조명이 다시 켜졌다. 갑자기 환해진

탓에 눈을 뜰 수 없었다. 두 눈을 감은 채, 관객들의 우레 같은 박수 소리를 들었다.

"백새롬! 백새롬! 말도 안 된다! 백새롬!"

"조명이 없는데 무대가 보였다!!"

"우와와와와! 백새롬! 백새롬!!"

조금씩 두 눈을 떴다. 모든 사람이 환호하고 있었다. 관객석에서 부모님은 서로 끌어안은 채 웃고 계셨다. 설윤이는 혼자 홍수가 난 듯 오열했다. 난 그 애와 눈 맞춤을 했다. 그리고 입을 벙긋거리며 이렇게 말했다.

'미안해, 설윤아.'

그 애는 눈물을 흘리면서도 고개를 마구 저었다. 어찌나 큰 목소리로 소리를 지르는지 무대까지 울려 퍼질 정도였다.

"뭐가 미안해, 이 바보야! 최고다 백새롬!!! 네가 최고야!!!"

뒤이어 나는 조명 스태프들이 모여 있는 곳으로 시선을 돌렸다. 지금 내가 챙겨야 할 가장 중요한 친구. 그곳엔 정신을 되찾은 김딴딴이 있었다. 그 애는 혼란스러운 표정으로 무대를 보고 있었다.

김딴딴의 목소리가 내 머릿속으로 흘러들었다.

'그동안 정말 큰 잘못을 저질렀구나. 하지만, 하지만, 난 이미 악령이 되었는걸.'

정신을 되찾은 김딴딴은 곧 소멸할 것처럼 힘을 잃은 상태였다. 나쁜 기운이 모두 빠져나간 자리에 초라한 모습만 남아 있었다. 나는 김딴딴을 향해 고개를 저었다. 모든 잘못이 어떻게 너만의 탓일까. 무대는 끝났고 라우에게 약속한 계획만 잘 성공하면 돼.

바로 이어 펼쳐진 민서의 무대도 훌륭했다. 언제 연습했는지 안무까지 곁들여 신나게 편곡한 노래를 소화했다. 내가 진심을 담은 노래를 했다면, 민서는 관객과 호흡하는 재미있는 무대를 선보였다.

이제 남은 건 결과 발표뿐.

나는 두 눈을 질끈 감았다. 긴장감 넘치는 음악과 함께 기다리는데.

"우승자는 60초 후에 공개됩니다!!!"

맥 빠지는 음성이 들려왔다.

18. 우승끼는

방송에는 광고가 나가고 있을 거다. 그사이 스태프들이 분주하게 움직였다. 그리고 우희 언니가 무대 위로 올라왔다. 나와 언니의 눈이 마주쳤다. 우리는 말하지 않아도 서로의 마음을 알 것 같았다.

60초가 끝나고 드디어 우승자를 발표하는 시간이 됐다. 사회자의 큰 목소리가 울려 퍼졌다.

"오늘의 우승자는 특별 심사위원인 정우희 씨가 발표하겠습니다! 얼마 전 빌보드 1위를 차지한 드림픽션의 리더죠!"

관객들이 언니를 열렬한 박수로 반겨 주었다. 곧이어 사회자의 멘트가 다시 이어졌다.

"이번 트롯 전쟁의 우승자는 한미 양국에서 동시에 앨범을 냅니다! 말하자면 빌보드 정상의 가수 드림픽션과 어깨를 나란히 하는 동료가 되는 것입니다!"

그 말에 괜히 가슴이 벅차올랐다. 이 오디션의 결말을 알고 있으면서 말이다. 우희 언니가 천천히 내게 다가왔다. 언니에겐 나쁜 짓만 하는 것 같다.

결과를 받아 든 언니가 큰 목소리로 우승자를 호명했다.

"트롯 전쟁의 우승자는 바로!"

언니는 말을 잠깐 멈췄다. 관객들이 의아한 표정으로 언니를 바라봤다. 우희 언니는 짓궂은 표정으로 이렇게 말했다.

"우승자가 누군지 다들 궁금하시죠!?"

"아아악!"

"빨리 발표해라! 빨리 발표해!"

언니는 그사이 방송꾼이 다 됐다. 관객들이 조바심 내는 모습이 재밌나 보다. 잠시 웃던 언니가 마침내 진짜 우승자를 발표했다.

"트롯 전쟁의 우승자는 바로 백새롬입니다!"

언니의 발표와 함께 폭죽이 터졌다. 종이 꽃가루가 마구 휘

날렸다. 관객석에서 사람들이 꽃다발을 들고 내게 달려왔다.

우승.

그래, 정말로 우승이다.

꿈꾸던 바로 그 순간.

라우와 한 약속을 지킬 때가 온 거다. 관객석을 바라보았다. 그곳 한가운데에 염라우가 앉아 있었다. 나는 그 애와 눈 맞춤 했다. 신호를 보낸 것이다.

곧 우승 소감을 말해야 하는 순간이 왔다. 우희 언니가 내게 마이크를 건네주었다. 작은 목소리로 이렇게 속삭이면서.

"자랑스러워. 네가 내 동생이라서 너무 좋아."

나는 언니의 시선을 피했다. 미안, 언니. 하지만 나는 이 말을 꼭 해야 해.

"저를 응원해 주신 모든 팬 여러분, 정말 감사합니다. 하지만 말씀드릴 게 있습니다."

내 소감을 들은 스태프들이 소란해졌다. 멀리서 김 피디님이 무어라 소리치는 모습도 보였다. 하지만 지금은 생방송 중이다. 함부로 내 말을 끊을 순 없었다.

"제가 이 결승에 올라온 건 온전히 제 힘으로 가능한 게 아니었습니다. 저는 이 사실을 지난주에 알았습니다."

객석에 앉은 염라우에게 눈짓을 했다. 라우가 손가락을 튕겼다. 그러자 공연장 전체에 누군가의 목소리가 들렸다. 그건 바로 김 피디님의 목소리였다.

— 결승 때도 아주 잘해 줘야 한다. 내가 널 결승까지 추천한 거니까.

— 결승전에서 부를 노래는 「진실」이야. 아, 세상에 진실이 너무 많지?

뒤이어 나와 연수호 사장님의 대화도 흘러나왔다.

— 너는 무조건 이 오디션에서 우승해야 한다. 결승까진 우리 기획사랑 김 피디님의 힘으로 어떻게든 했어. 하지만 마지막 방송은 시청자 투표가 점수에 들어가니까 뒤집힐 수도 있다.

— 아니, 그게 다 무슨 소리냐고요. 오디션이 조작됐단 얘기예요? 이제까지의 모든 결과가?

— 모든 결과는 아니야. 처음에 우승 후보군으로 점찍은 몇 명의 출연자가 있었어. 그중에 활약이 가장 돋보이는 새롬이 네가 결국 우승자로 결정된 거지.

엄마가 건네준 녹음기가 톡톡히 제 역할을 했다.

나, 백새롬. 생각보다 엄마 말을 잘 듣는 딸이거든.

그런데 이상하다. 무대 아래에 있는 연수호 사장님은 웃고 있었다. 환하고 밝은 표정이었다. 아주 오랫동안 가슴을 꽉 가로막던 일이 해결된 것처럼.

에필로그

커버스토리>화제의 신인 듀오 Y&B

'트롯 전쟁'의
라이벌에서
한 팀의 멤버가
된 두 사람.
레전드 무대로
손꼽히는 둘의
듀엣 무대를
앞으로도 계속
볼 수 있다는
반가운 소식!

Y&B 멤
양민서
백새롬
나란히
취했

전쟁은 끝나고,
우정만이 남았다!

"민서는
귀여운 친구,
멋진 동료이자
배울 게 많은
선배 가수죠.
우린 MBTI가

Y&B 출국 비하인

화보 촬영 현장에서
만난 Y&B
★한정판 포토카드 증
이벤트에 응모하세

✦

나와 민서는 모자를 푹 눌러썼다.

요즘은 마라탕 먹는 것도 힘들다. 오랜만에 한국 왔는데 먹고 싶은 음식 하나 먹는 게 이렇게 어렵다.

마라탕집이 있는 골목 저편에서 설윤이가 손짓했다. 무슨 비밀스러운 작전이라도 짜는 것 같다. 우리는 설윤이 손짓에 맞춰 식당으로 뛰어갔다. 드디어 손님들이 빠져나가고 가게 안이 한산해졌다.

"후하. 겨우 들어왔네."

하설윤이 우리 둘을 보면서 씩 웃었다.

"둘이 진짜 스타 다 됐네! 애들이 안 믿어! 나랑 새롬이 네가 베프라는데 왜 안 믿는지 모르겠어! 우리 맨날 같이 붙어 다녔는데!"

설윤이는 여전히 말이 많았다. 그리고 여전히 민서와 사이가 썩 좋지 않았다.

"아, 양민서! 왜 네가 그거 다 가져가냐고! 우리 새롬이도 먹어야지!"

그리고 민서도 똑같았다. 설윤이가 그러거나 말거나 묵묵히 자기 대접만 바라보았다. 그저 한마디를 툭 던질 뿐이었다.

"새롬이한테 소리 지를 땐 언제고."

"그게 언제적 일인데 아직까지 말해! 잠깐 서운했던 것 가지고!"

설윤이의 입이 삐죽 나와 있었다. 민서는 대답도 하지 않고 다시 마라탕을 먹었다. 둘은 이제 그런 식의 친구가 된 듯했다. 투덕거리면서 계속 보는 사이. 뭐, 중간에 내가 있으니까 어쩔 수 없나.

한국에 돌아올 때, 우희 언니는 이렇게 충고했다. 당당하게 다니란다. 생각보다 사람들이 못 알아본다고.

'지하철에 타면 사람들이 쳐다볼 것 같아? 그냥 닮은 사람이

라고 생각하지. 메이크업 안 하면 못 알아봐.'

하지만 언니 말처럼 할 수가 없다. 공항에서부터 팬들이 쫓아왔고, 곳곳에서 우리를 향해 환호성이 터졌다.

"와! 백새롬이다! 백새롬!"

"양민서야! 양민서!"

그것뿐만이 아니다. 기자님들도 엄청 달라붙었다. 매니저님도 우리를 하루 종일 안 놔줬고 말이다. 온갖 인터뷰, 팬 사인회, 음악 방송까지. 오늘 어디에 갔는지 다 정확히 기억도 안 난다.

트롯 전쟁이 끝난 게 벌써 반년 전이다. 그사이 많은 일이 있었다.

연수호 사장님은 오디션이 조작됐다는 사실을 인정하셨다. 우리 사장님과 김 피디님이 나란히 법정에 섰다. 지금은 두 분 다 감옥에 있다.

감옥에 가기 전 사장님은 내게 말했다.

"어리석은 선택을 하고 있다는 걸 나도 알고 있었다. 우리 새롬이 덕분에 많은 걸 깨달았다. 죗값을 치르고 반성하마. 미안하다."

그렇게 연 사장님은 잠시 떠났다.

트롯 전쟁에서 우승한 것도 소용없게 되었다. 우승이 조작인데 어떻게 앨범을 낼 수 있을까. 충분히 각오하고 벌인 일이긴 했다.

대신 모 아니면 도라는 심정으로 민서와 의기투합했다. 방송이 끝나고 우리는 듀엣을 결성했다. 대단한 성공이 아니더라도, 노래를 계속 부르고 싶었다. 무대는 정말 가슴이 뛰는 곳이다. 그 두근거림을 잊기 힘들었다. 민서와 무대에 서고 싶다는 욕심도 있었고 말이다.

다행히 사람들은 나를 탓하지 않았다. 내가 무대에 서는 걸 응원해 주는 사람이 세상엔 더 많았다. 또한, 연 사장님이 감옥에 간 뒤에도 YSH는 무너지지 않았다. 대신 이름을 바꾸고 새로운 출발을 했다. 새 이름은 뭐냐고?

KS 엔터테인먼트다. Kim Star에서 한 글자씩 땄다. 그래, 김딴딴, 아니 김별의 이름을 딴 거다.

결과는 어땠냐고?

앗, 마라탕집 텔레비전에 우리 얼굴이 나온다.

"믿기지 않는 일입니다. 한국의 소녀들이 큰일을 냈습니다. 트로트 듀엣 Y&B가 빌보드 핫 100에서 99위를 차지했습니다. 트로트가 빌보드에 오른 건 사상 최초의 일입니다."

나와 민서는 서로를 바라보며 씩 눈웃음을 지었다. 그리고 정신없이 마라탕을 다시 먹었다. 기분 좋다. 데뷔 후 처음 먹는 마라탕이다. 가수라는 것도 쉽지 않다. 쉽지 않지만 정말 행복하다. 용기를 낸 만큼 멋진 일이 많이 생겼다.

그리고 오늘은 해야 할 일이 한 가지 더 있었다.

설윤이, 민서와 헤어지고 대왕 공원에 왔다. 공원에 오는 것도 정말 오랜만이다. 낙엽 위에 뒹굴며 장난치는 귀신도 보인다.

아, 정말 이곳은 귀신이 많다니까.

중앙 광장에 들어서자 훅 끼치는 풀 냄새와 함께 익숙한 두 얼굴이 보였다. 김딴딴과 염라우였다.

라우가 탕후루를 먹으면서 날 바라보았다.

"왔냐."

벤치에 앉은 라우 옆엔 수없이 많은 꼬치가 보였다. 세상에, 도대체 얼마나 많이 먹은 거야. 탕후루로 식사를 할 기세잖아.

"라우 너, 도대체 몇 개를 먹은 거야?"

"탕후루가 너무 맛있다."

"저승엔 탕후루 없어?"

"없다."

생긴 것과 다르게 참 황당한 녀석이었다. 그리고 김딴딴은 갑자기 날 보채기 시작했다.

"왜 미국에 안 데려가는 거야! 미국 가수랑 미국 무대도 보고 싶다고!"

"내가 안 데려간 거 아니야. 염라우한테 따져. 한국 귀신은 한

194

국을 벗어나면 안 된다잖아."

라우는 우리 둘은 신경 쓰지 않고 딸기 탕후루를 하나 더 흡입하기 시작했다.

"탕후루도 당분간 못 먹겠군."

나는 라우의 얼굴을 물끄러미 바라보았다. 그렇다. 오늘이 염라우와 김딴딴을 만나는 마지막 날이다.

"이제 가야지. 잠깐 단군시를 살펴본다는 게 너무 오래 있었어."

라우는 쓸쓸한 표정이었다. 나는 애써 웃음 지으며 작별 인사를 건넸다.

"염라우, 잘 가. 넌 좀 이상하긴 하지만 나쁘지 않은 애였어."

"가끔은 다시 올 수도 있어. 다음엔 좋은 일로 오고 싶네."

라우 옆에서 김딴딴은 자기 혼자 들떠 있었다. 오늘따라 유난이다.

"저승에서 고스트 싱어라는 오디션을 한대. 나도 참가해 보려고. 뭐, 나라면 우승은 따 놓은 당상이지만."

내가 황당해서 물었다.

"오디션? 아니, 무슨 저승에서도 오디션을 해?"

"산 사람이 하는 건 죽은 사람도 다 하는 거지. 노래도, 춤도, 친구 사귀는 것도."

김딴딴은 내 얼굴을 빤히 쳐다보았다. 오늘따라 야단법석이라고 생각했는데, 그 이유를 깨달았다. 김딴딴은 오늘 슬펐던 거다. 아주 마음이 아팠던 거다.

"나 갈 거야. 백새롬."

"그래. 보고 싶을 거야."

"바보야. 보고 싶어 하지 마. 날 보려면 저승에 와야 하잖아."

김딴딴은 나를 흘겨봤다. 그러고는 손을 내밀었다. 악수하자는 뜻이었다.

"나는 저승에서 최고의 가수가 되어 있을 거야. 너도 이곳에서 최고의 가수가 돼. 빌보드 99위에 만족하면 안 돼."

"당연하지."

나는 김딴딴을 꽉 끌어안았다. 이 애와 처음 만난 게 3년 전이다. 그리고 이제 3년보다 훨씬 더 긴 시간 동안 우리는 만날 수 없다.

내 몸이 가늘게 떨려 왔다.

눈물이 나왔다.

"잘 가. 가서는 네가 하고 싶은 거 다 해. 트로트도 부르고, 아이돌 노래도 부르고, 춤도 추고, 저승에서 너 하고 싶은 거 다 해."

김딴딴은 대답 없이 웃음을 지었다.

염라우가 마침내 딸기 탕후루의 마지막 한 알을 삼켰다.

"에이, 다 먹었네. 서른 개 사 왔는데."

염라우가 김딴딴의 손을 잡았다. 그러자 하늘 저편에서부터 흰빛이 내려왔다. 믿기지 않는 힘이 느껴지는 빛의 기둥이었다.

"가자."

김딴딴이 고개를 끄덕였다.

환한 빛무리 속에서 두 사람이 하늘로 올라갔다. 어디선가 새가 울었다. 나뭇잎이 떨어졌다. 구름이 흩어진 자리에 크고 무성한 별이 박혀 있었다.

쏟아지는 별빛 속에서,

빈 하늘을 계속 쳐다보았다.

"잘 가."

그 말만 반복하면서.

작가의 말

본래, 이 이야기는 「트로트의 숲」이라는 시였습니다. 시를 다 쓰고 나니 아무래도 마음에 들지 않는 부분이 생기고 말았습니다. 말로 설명하기 어렵지만요. '이건 아니야. 나는 조금 더 다르게 쓰이고 싶다고.' 그렇게 시가 말하는 것 같았어요. '어떻게 쓰이고 싶니. 어디로 가고 싶니.' 몇 번이나 물어봤지만 「트로트의 숲」은 쉽게 그 해답을 알려 주지 않았어요.

그때는 제가 동화를 쓰게 될 줄 몰랐던 시기였습니다. 코로나가 오기 직전의 어떤 봄에 저는 무언가에 홀린 것처럼 그 시를 바탕으로 한 편의 동화를 썼어요. 그리고 몇 해가 또 지나 그 이야기는 천천히 다른 이야기로 새롭게 쓰였습니다. 제가 썼다기보단 그 안의 인물들이 천천히 자신의 이야기를 시작했어요. 그들의 목소리를 다 들을 때까지 저는 살뜰히 귀를 기울일 수밖에 없었습니다. 그렇게 저는 동화를 쓰는 사람이 되었어요. 모두 다 제가 생각하지 못했던 일입니다.

새롬이도 자신이 트로트 가수가 될 거라고 생각하지 못했을 거예요. 사이가 좋지 않던 친구와 친해지는 일도요. 이 동화 속에 벌어지는 모든 일 속에서 새롬이는 전심전력 최선을 다했습니다. 그리고 자신의 마음이 움직이는 방향으로 용기 있게 움직였습니다. 얼굴도 모르는 사람들이 그 선택에 대해 함부로 말할 때조차도요. 모든 좌충우돌을 끝까지 읽어 주셔서 정말 감사합니다.

'다른 사람, 무엇보다 나 자신에 대해 함부로 얘기하지 않기.' 그런 결심이 설 때마다 저는 무언가 글을 쓰게 되었습니다. 이 긴 동화 끝에서 한마디를 남기자면 그런 이야기가 될 수도 있을 것 같아요. 함부로 판단하지 말자. 하지만 그조차도 확실하게 말할 순 없을 것 같습니다. 세상엔 정말 많은 진실이 있으니까요.

이 책을 세상 밖에 꺼내 준 No. 1 마시멜로 픽션 걸스 심사위원단 모두에게 감사드립니다. 최종 본심에 기꺼이 올려 주신 최상희, 김선희 두 분 심사위원께도 감사 인사 드립니다. 또한, 책이 만들어지기까지 애써 주신 비룡소 직원분들, 특히 이재원 편집자님께 감사의 말 남깁니다.

무엇보다 소중한 가족들에게 고맙다는 얘기 전하며 마무리하겠습니다. 그들이 없었다면 이 이야기는 완성되지 않았을 겁니다.

2024년, 변윤제

흥미진진한 스토리와 한 번도 보지 못한 조합의 소재가 너무 재미있어서 쉬지 않고 다 읽을 수밖에 없었다. -무안행복초등학교 5학년 염다인

꿈을 찾아 새로운 것에 도전하고, 잘못된 것을 바로잡는 멋지고 용기 있는 백새롬의 성장 이야기를 내 또래 친구들과 재미있게 읽고 싶다. -유현초등학교 5학년 김하민

뻔한 아이돌, 연예인 이야기가 아닌 귀신과 트로트를 결합한 새로운 형태의 판타지가 내 마음을 사로잡았다. -정신여자중학교 1학년 최연우

처음엔 귀신 김딴딴을 많이 의지했지만, 시간이 지날수록 자기 자신을 믿고 스스로 해 나가려는 백새롬의 의지 있는 모습이 인상 깊었다. -신상도초등학교 5학년 손예원

제8기 걸스 심사위원

강민서 양평청운초등학교 6학년	김서우 신목중학교 1학년	김하린 서울상암초등학교 6학년	박소현 다선초등학교 6학년
강예나 전주온빛중학교 1학년	김송연 고현초등학교 6학년	김하민 유현초등학교 5학년	박소희 경주초등학교 6학년
강유나 부천일신초등학교 5학년	김수아 대전글꽃초등학교 6학년	김해윤 갈외중학교 1학년	박시윤 하안북중학교 1학년
강하연 신풍초등학교 6학년	김승휘 청덕중학교 2학년	김현린 인천신송초등학교 6학년	박은영 고양신일초등학교 6학년
고은결 외도초등학교 5학년	김연서 인천원동초등학교 6학년	김현아 대구성동초등학교 5학년	박채원 정천초등학교 5학년
고채빈 경원중학교 1학년	김예린 오마초등학교 5학년	나윰 대암초등학교 6학년	박채유 풍양중학교 1학년
구하윤 성서초등학교 6학년	김은유 성신초등학교 6학년	명주하 청양초등학교 5학년	방효민 서울금북초등학교 6학년
김가연 모락중학교 1학년	김윤서 손곡중학교 2학년	모수현 서울원당초등학교 5학년	서은채 하늘빛초등학교 6학년
김가온 전주우림중학교 2학년	김율하 서울대곡초등학교 5학년	문주원 빛고을초등학교 6학년	서해든 흥업초등학교 6학년
김다혜 버들중학교 2학년	김주하 불암중학교 1학년	박봄이 홍남초등학교 6학년	서현경 서울성산초등학교 1학년
김민주 대송중학교 2학년	김지윤 서울삼정중학교 1학년	박소연 길음중학교 1학년	손예원 신상도초등학교 5학년
김민하 숙명여자중학교 1학년	김태린 내포초등학교 5학년	박소은 신촌초등학교 6학년	송나래 과천중학교 2학년
김보민 석우중학교 2학년	김태연 인천신정중학교 1학년	박소이 울산외솔중학교 2학년	신시아 정원여자중학교 1학년

귀신과 가수 연습생의 뜻깊은 우정을 다룬 창의와 독창 그 자체. 감동과 슬픔, 즐거움을 동시에 만들어 내는, 꿈에서나 만날 수 있을 것 같은 작품이다. -오마초등학교 5학년 김예린

읽을수록 더 재미있어지는 책이었다. 자신의 꿈을 이루기까지 다양한 사건이 있었지만, 결국 헤쳐 나가는 주인공 새롬이의 모습이 너무 멋있어 보였다. -흥업초등학교 6학년 서해든

아이돌 이야기로 시작을 열어 더욱 흥미진진했고, 내 또래들이 꿈을 이루기 위해 노력하는 모습이 부럽고 멋있어 나도 모르게 새롬이와 민서를 응원하게 되었다. 친구를 질투하고 미워하는 인물들의 솔직한 모습도 담겨 있어 좋았다. 여기에 '귀신'이라는 키워드까지 더해져 흥미롭고 재밌었다. -서울삼정중학교 1학년 김지윤

안승연 옥포성지중학교 2학년
안유라 신상도초등학교 5학년
안유은 장승중학교 3학년
염다인 무안행복초등학교 5학년
오수연 불곡중학교 1학년
오윤아 창원대원초등학교 5학년
오현서 명호중학교 1학년
유리안 청구초등학교 6학년
유민서 대전자운초등학교 6학년
윤자우 이화중학교 1학년
이민지 대전삼천중학교 1학년
이소윤 서울삼성초등학교 5학년
이아인 월봉초등학교 5학년

이예담 영동초등학교 5학년
이유정 백신중학교 1학년
이은결 천천중학교 1학년
이이레 보람초등학교 6학년
이지수 대전삼천중학교 1학년
이지원 서울문현초등학교 5학년
이채연 만안초등학교 6학년
이채원 용남중학교 1학년
이채원 송파중학교 2학년
이하윤 윤슬초등학교 6학년
임담희 서울보라매초등학교 5학년
임하윤 지산중학교 2학년
장나원 남양주덕송초등학교 6학년

장서율 대전글꽃중학교 1학년
장주홍 안산청석초등학교 6학년
전민서 수락중학교 1학년
전예림 부림초등학교 5학년
전이영 입북초등학교 5학년
정지유 거원중학교 1학년
정하윤 삼현여자중학교 2학년
정하윤 성복중학교 2학년
정현서 서울계남초등학교 6학년
조민서 위례한빛중학교 1학년
조하율 오남중학교 1학년
주소연 부산남일중학교 1학년
차승주 서문여자중학교 1학년

최연우 정신여자중학교 1학년
최유연 장평중학교 1학년
최혜민 세화여자중학교 1학년
최효서 동산초등학교 5학년
한예슬 인천부원초등학교 5학년
한진 용인한빛중학교 1학년
홍서현 봉산초등학교 5학년
홍수민 서울잠현초등학교 6학년
홍시은 녹동초등학교 6학년
황지원 서울용강초등학교 6학년

• 심사위원들의 학년 및 학교명은 2024년 기준입니다.

제8기
걸스 심사위원의
두근두근 심사기

올해의 No.1 마시멜로 픽션을 뽑기 위해 나선 101명의 소녀들!
심사할 작품 두 권과 심사위원 위촉장을 받고 진지하게 심사에 임했지요.

내가 바로 걸스 심사위원!

두 작품 가운데 무얼 먼저 읽을까?

심사평은 꼼꼼하게 적어야지.

내가 읽고 적은 작품은 수상작이라니! 너무 설레.

친구의 의견은 진지하게 귀 기울여 듣고

자기 의견을 말할 땐 또박또박 자신 있게

저요! 제가 지지하는 작품은···!

공개 심사를 위해 한자리에 모여
열띤 토론을 벌이기도 했답니다.

심사에 참여해 준 모든 걸스 심사위원 여러분, 고마워요!

걸스 심사위원단이 되고 싶다면? bir.co.kr의 공지를 눈여겨봐 주세요!

백새롬의 데뷔 전쟁

1판 1쇄 찍음 2024년 11월 15일, 1판 1쇄 펴냄 2024년 11월 25일

글쓴이 변윤제 그린이 몽그 **펴낸이** 박상희 **편집주간** 박지은 **편집** 이재원 **디자인** 정다울

펴낸곳 ㈜비룡소 출판등록 1994. 3. 17.(제16-849호)

주소 06027 서울시 강남구 도산대로1길 62 강남출판문화센터 4층

전화 02)515-2000 팩스 02)515-2007 홈페이지 www.bir.co.kr

제품명 어린이용 반양장 도서 **제조자명 ㈜비룡소 제조국명** 대한민국 **사용연령** 3세 이상

ISBN 978-89-491-4618-8 74800/ ISBN 978-89-491-4600-3 (세트)